〔日〕石崎洋司 著　〔日〕藤田香 绘　黄颖凡 译

人民文学出版社

著作权合同登记：图字 01-2016-3693 号

KUROMAJO-SAN GA TOORU!! patr 6 —KONO GAKKOU, NOROWATRETE MASEN?
NO MAKI — © HIROSHI ISHIZAKI 2007
All rights Reserved. Original Japanese edition published by KODANSHA LTD.
Publication rights for Simplified Chinese character edition arranged with KODANSHA LTD.
through KODANSHA BEIJING CULTURE LTD. Beijing, China.

图书在版编目(CIP)数据

黑魔女学园.6，秋琵特失踪了！/(日)石崎洋司著；(日)藤田香绘；黄颖凡译.—北京：人民文学出版社，2016
(青鸟文库)
ISBN 978-7-02-011444-3

Ⅰ.①黑… Ⅱ.①石… ②藤… ③黄… Ⅲ.①儿童文学-长篇小说-日本-现代 Ⅳ.①I313.84

中国版本图书馆 CIP 数据核字(2016)第 037241 号

责任编辑：朱卫净　李　殷
封面设计：汪佳诗

出版发行	人民文学出版社
社　　址	北京市朝内大街 166 号
邮政编码	100705
网　　址	http://www.rw-cn.com
印　　制	山东德州新华印务有限责任公司
经　　销	全国新华书店等
开　　本	890×1240 毫米　1/32
印　　张	7.5
字　　数	112 千字
版　　次	2016 年 10 月北京第 1 版
印　　次	2016 年 10 月第 1 次印刷
书　　号	978-7-02-011444-3
定　　价	29.00 元

如有印装质量问题，请与本社图书销售中心调换。电话：010－65233595

目录

黑魔女的人物介绍

第一章　黑魔女的灵异远足　1

第二章　黑魔女的教学观摩　75

第三章　黑魔女的运动会　145

千代的黑魔女成绩单

黑魔女的人物介绍

哟呵！
我是黑魔女指导员，秋琵特！
让我来介绍门下的千代，和她的同伴们吧！

平常的千代

这家伙明明是女生，平常却老爱穿吊带裤配T恤，一点都不讲究穿着打扮。应该要稍微向花俏女小惠看齐一下吧！

（千代：谢谢你的多管闲事！）

哥特萝莉服是低级黑魔女的必备行头。

在进行修炼时，一定要穿上它才行。

因为这套服装蓄积着魔力，这样才能让目前只是低级的你施用黑魔法哦！

（千代：开口闭口都是：低级，真讨厌！）

* **辅助飞行的蝴蝶结**
没有了这个，可就飞不起来喽！

■ 哥特萝莉服本身具有魔法，即使不清洗也绝不会脏掉。
■ 夏天穿上它，会热得受不了。
■ 若想知道千代如何得到这套衣服，请看《黑魔女学园①：千代的第一堂魔法课》。

变成黑魔女的千代

千代就读的第一小学五年一班的座位表

※ 除了打上★的固定班底之外,其他的角色都是由各位读者所提供的喔!

第一小学五年一班主要人物介绍

黑鸟千代子
（千代）

魔法狂热者。施咒时阴差阳错召唤出秋琵特，从此必须进行黑魔女的修炼。目前是黑魔女四级。每天都在加紧练习中，希望早日学会黑魔法，再将魔力通通舍弃，变回正常女生，好过平凡的生活。

紫苑惠

千代从小的玩伴，是个非常自我中心的超级花俏女，对汉字最没辙。

一路舞

聪明又漂亮的班长，最喜欢组织委员会。

春野百合

世界第一做作女，实力很强，与班长一路舞不相上下。

小岛直树
（色胚王牌）

少年棒球队的王牌投手，好色程度无人能比。

岩田大五郎
（横纲）

体形壮硕却胆小如鼠，是第一小学里最爱哭的男生。

三条翔

班上的偶像，拥有对每个人都温柔体贴的暧昧个性。

松冈老师

五年一班的导师，自称"热血的型男教师"。

第一章 黑魔女的灵异远足

1 死……一次看看？

"以伟大的地狱之王·哈耶骑士团之创始者——贝鲁杰比特之名，在此召唤恶灵女王普罗圣路比娜。"

哎唷，这次总算念得顺口多了！

这是黑魔法书《黑魔法师摩髅之恶灵召唤法》中的"强制召唤恶灵术"。因为是用来操控不听话的恶灵，听说经常被用来当作黑魔女三级测验的考题。

"你要念到不用看便可流畅背出，否则不准睡觉啊！"

一如往常，秋琵特再度使出恐吓的招数，但这咒语的发音既饶舌，句子又长，实在是很折磨人，而且这样还没结束呢！

啊啊！都快十二点了，却还穿着一身哥特萝莉服，拼命背诵黑魔法咒语。这样的小学女生，全日本大概只有我一个吧！更何况，明天要去远足……

啊，我可不是想以"哪有闲工夫进行黑魔女修炼啊"

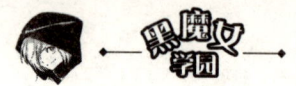

为借口哦!

相反的,我本来就不大喜欢远足这类活动。反正就只是全班排好队,吵闹散乱的徒步而已,不但累人,而且麻烦死了。

唉!一想到明天,就更加提不起劲儿来进行修炼。

"哼,不可原谅……"

哇!

"这种家伙,快快动手解决掉吧!"

"不好意思,对不起,我会认真背诵的。"

糟糕!秋琵特居然在一旁牢牢监视。得赶紧进入下一段咒语才行……

"呃,接着是'动作迅速,切勿拖延,勿发出声响,姿势正确,不伤害任何人,出现在魔法的圆周里吧'……唔,接下来是什么啊?"

"害人者必害己。"

咦?是这样吗?好像不太一样。却又好像在哪儿听过……

"即使如此,誓死报仇。"

报仇?报仇这字眼,感觉是很日式的讲法呀,应该跟黑魔法完全扯不上边吧!

咦？等等，说到这个，该不会……我猛然回头一看。

"哇啊啊！是谁说可以停止背诵恶灵召唤术的呀！"

秋琵特神色慌张地将漫画塞进床铺跟墙壁间的缝隙内。

"秋琵特老师才是呢！只会逼我修炼，自己却在看《地狱少女》偷懒！"

"我……我没偷懒啊！"

秋琵特的黄色眼睛闪烁，用力张大鼻孔，狠狠地瞪着我。

什么嘛！恼羞成怒啊？

"我啊，身为指导员黑魔女，正在全力探究，人界的孩子们到底是如何看待'地狱'这地方啊！真是的，居然连这点都不懂……"

秋琵特那张白净美丽的脸，忽然逼近我。

"你要不要……死一次看看？"

白痴啊！要模仿《地狱少女》的"阎魔爱"到什么时候啊！

"秋琵特老师，我明天还要远足！快点结束夜间练习吧！我想去睡觉了。"

"圆猪？啊，听说那富含胶原蛋白，对皮肤很好，千

代妈最近也迷上吃这个。"

那是猪脚吧？一字之差，可是天差地别！

"你看，这就是远足行程表。松冈老师用计算机做成彩色图文件，还贴上照片，一目了然哦！"

秋琵特从我手上接过行程表后，看似无聊地随意翻了翻地图，以及目的地比久井山的照片等。

"哇呜！"

是看到什么吓一跳呢？我靠近一看，原来是比久井山车站前的商店街照片。秋琵特那黄色眼珠子，极感兴趣地停留在那排土产店上。

"乐烧，一定很好吃！"

哎呀！又在不懂装懂了。

所谓的乐烧，是用黏土做成新盘子或碗后，在上面画上喜欢的图案，再请店家放入窑中烧制，便能完成独一无二的烧陶作品。这是要怎么吃呢？

"那个，指导修炼，本来就是指导员黑魔女的分内工作，所以不必特意买土产回来当谢礼啦！"

啥？

"尽管这是学生应有的礼数，但我这个黑魔女绝不会因此动摇信念的。虽然借助土产的确可以提早升级，但

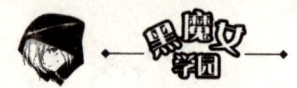

我也说过了,并不需要费心准备……"

这分明,就是在强迫我买土产回来啊!

"秋琵特老师,我恐怕办不到哦!因为我身上没有钱。"

我这个月的零用钱,只剩下区区七十日元了。我除了买《别FR》跟《好朋友》之外,其他的零用钱都因为秋琵特向妈妈施咒语,而被她花光了。

最近,秋琵特迷上了标题恐怖又诡异的书,因此,这个月她又买了勇岭熏①的《魔女秘境》。

不过,由于我自己也看得很高兴,也就不跟她计较了。话说回来,距离下个月还有三个星期以上,却仅剩下七十日元,未免太过分了……

"啊,既然这样,我用黑魔法来帮你增值吧!"

"天啊!这种如梦幻般的事情也能办到?"

"我可是黑魔女初段哦,还是协会公认的黑魔女指导员呢!这对我来说,根本是雕虫小技。更何况,这种黑魔法只需要五级程度即可上手,连你也办得到哦!"

"真的假的!快……快点教我!快教我!"

---

① 日本当红侦探小说家,代表作《名侦探梦水清之郎事件簿》。

"那，要先给我十日元。做任何事情都需要本钱啊！"

"十日元就好了吗？好的好的，马上给你，来，十元硬币。"

"好，那我要施放黑魔法喽！我只念一次咒语，你要听清楚哦！"

秋琵特用大拇指及食指夹着十元硬币。

"噜叽乌给、噜叽乌给、斯帕卡雷！"

锵啷、喀隆。咦？好像有铜板在地上滚着。

"瞧，十元硬币变成两枚喽！"

哇呜！真的！秋琵特手上有一枚，地上也有一枚。

"秋琵特老师，真是太厉害了！好崇拜你哦！"

这魔法实在是太神奇了。

只要重复几次，零用钱就会越来越多。五百元变成一千元，而一千元则变成两千元……这美梦会无止境地不断延伸呐！

"所以，秋琵特老师，这黑魔法叫什么啊？"

"就叫'切成两半魔法'呀！"

这名字还真是逼真贴切。

"这魔法很方便哦！诸如西瓜、哈密瓜等，只要是需要用菜刀切的麻烦东西，它都能一下子帮你分切成

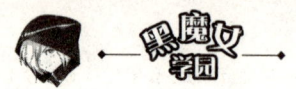

两半。"

咦？突然有种不好的预感……

我捡起那枚掉在地上的十元硬币，定睛一看，肖像仍在，似乎没什么异样，咦？摸起来，怎么好像有点薄……

哎呀！另一面"10"的数字不见了，而且是光滑一片。

"秋琵特老师，你该不会是把十元硬币切成两半了吧？"

"是啊，因为是'切成两半魔法'呀，很神奇吧？"

"白痴！笨蛋！呆子！蠢蛋！笨茄子！烤茄子！腌茄子！"

"千代，你居然用了我的'段子'！不过，一点也不好笑。"

这不是重点吧！什么把钱增值啊！任意毁坏钱币，可是犯罪啊！

啊啊！硕果仅存的七枚十元硬币，其中一枚就这么浪费掉了……

真是晴天霹雳……这应该是想不劳而获，所遭到的天谴吧……

"千代，刚才我也说过了，不需要特别准备礼物哦！我那份远足的伴手礼就免了。尽管我一再强调我超爱红豆馅，但你也不需要特地帮我买红豆馅的乐烧啦！"

我就说，乐烧不是食物啊！

真讨厌！都不听人家讲的话，我干脆真的跑去乐烧的店铺，做个盘子并写下"相当遗憾！乐烧并不是食物！"的字样，而且在上面挤一大团红豆馅，再端到秋琶特面前好了。

可是，那也需要一笔钱啊……

啊，我那可怜的零用钱……

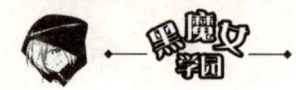

2 角色鲜明的远足

咔咔、咔咔……

摇晃规律的电车,坐起来真舒服……

黑鸟千代子,此时正在开往比久井山的电车上,整个人昏昏欲睡。因为,实在是太困了……

昨晚我正想趁机中断修炼时,秋琵特原本提议用魔法增加零用钱,谁知她的黑魔法完全不管用。因而被我责备的秋琵特为了掩饰自己的疏失,就开始教我"运气提升魔法"。

其作用是让骰子出现你心中想要的数字,或是玩扑克牌时,翻出你想要的牌之类,总之这又是个使用度为零的黑魔法。

结果,当我进入被窝时,已经是半夜三点了。

远足什么的都不重要了,就让我这么坠入沉睡的深渊吧……

突然间,一阵"嗒嗒嗒"的急促脚步声往这边靠近。

"百合!你这样会打扰到其他乘客的,不准在电车上奔跑及大声喧哗,这在'远足须知'上写了吧!"

小舞那尖锐的怒骂声,其实也相当扰人清梦……

"可是,隔壁车厢全都是穿着黑西装的人啊,那一定是讲谈组的黑道大哥!"

咦?这班前往比久井山的清晨电车,并没有黑道大哥上车哦!

"那是为了不要让东海寺接近黑鸟,特意安排来监视东海寺的年轻手下。"

麻仓!请不要多管闲事好吗?

这么做,东海寺一定又会……

"哼,只要我施展阴阳道,便能让人消失。这点监视的把戏,没啥用的。"

啊啊!我果然又慢了一步……

求求你们,不要在昏昏欲睡的我面前吵架!

"小舞,怎么办?黑猫跟着我来了。"

哇呜,这次换蓝川结实了。

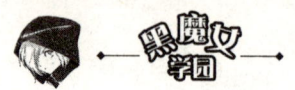

"你问我也没用啊，既然是结实你自己带来的，就要确实负起责任啊！"

结果证实，坐在小舞旁边真是大失败。我本以为大家会因为对她惧怕三分，而不敢靠过来的。

咦？斜前方的座位，好像有个白色的东西飘啊飘的。

莫非是……

"可恶，电车摇来晃去的，不太好扇！"

果然是色胚王牌！他正蹲在那自满于自己一身打扮的小惠裙摆下，啪啪啪地扇着扇子。

而坐在一旁的横纲，也正色迷迷地偷瞄着小惠的迷你裙。

此时，远方忽然传来一阵用力踩踏地板的声音。

"只要是女孩子的敌人，玛莉亚，绝不饶恕！"

"喝"的同时，附带了两个飞踢。

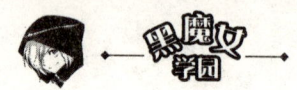

"哇!"

"我……我什么都没做啊!呜呜!"

色胚王牌跟横纲就那样不容分说地,一起被踢到车厢尽头……

"不过,紫苑也有错呀,今天是远足!穿成这样到底是什么意思?"

啊!小舞,她太粗心大意了。她这种问法,只会让超级自我的小惠,误以为她是在问流行的相关问题呀!

"啊,你问我这一身行头吗?高领半袖针织上衣搭配迷你裙呀!乍看之下像是两件式,其实却是连身裙哦!虽然是针织衫,但白色看起来不至于太闷热,鞋子的话,穿球鞋就真的像是要去远足,所以我搭配这双麂皮靴……"

唉!又在胡言乱语了。

如果跟这些人一起爬山路,我一定走不到一公里,就会因过度疲劳而"挂"掉的。待会儿下车后,还是紧跟在安静一点的人后面比较妥当。

找谁比较好咧……哦!跟那四个人一起走不知道会如何?

与那国治树、要陆、雾月姬香和向井里鸣。

　　他们都是升上五年级后才和我同班的，虽然我们平常几乎没有交谈，我也不知道他们的为人如何，但他们时而看书，时而眺望着窗外绿意逐渐增加的风景，看起来都很有教养。

　　或许这些人，正好可以帮助我逃离小惠的炫耀装扮、小舞跟百合的针锋相对，以及色胚王牌那群人的愚蠢骚动。

　　在我认真思考的同时，不知不觉就抵达终点了。

　　松冈老师刚下车，立刻就被车站前琳琅满目的土产店吸引了，眼睛闪闪发亮。

　　"哇，是卖'乐烧'的店！大家一起去吃吧！"

　　松冈老师……

　　居然跟我们家那坏心黑魔女一样肤浅，真是太丢脸了。

　　啊！训导主任根本老师突然飞奔过来，对着松冈老师说悄悄话。

　　这我能理解。当老师的大声说"去吃乐烧吧"，若是被路上行人听到了，可是学校之耻啊！

　　"啊，原来如此啊！"

　　松冈老师恍然大悟地拍了一下额头，转过身来对我

们说:"各位同学,不好意思!乐烧在画上图样后,还要花点时间去烧烤,所以回程时再去吃吧!回程的时候!"

根本莕听没有懂嘛!

哎呀呀!根本老师飞也似地逃走了。我能明白您的心情。

因此,五年一班便一如往常,闹哄哄地往山路前进。

我也如同刚刚所想的,逐步远离小舞那群人,紧紧跟在与那国那群人的后面。

与那国治树跟速水瑛良的成绩,在本班都是名列前茅,即使在第一小学五年级生中,也不分轩轾。

不过,他的外表并非书呆子类型。个子瘦高,下巴削尖,无框眼镜下的眼睛炯炯有神,是个天资聪颖的美男子。

但那并不代表他就是我喜欢的类型哦!因为我本来就对男生一点兴趣都没有。不过,比起那喜欢窝在屋顶上看鬼怪灵异书的速水,他一点也不逊色。

尽管如此,头脑好的人真的很不一样!不但会边走路边看书,而且,还不时玩弄着左手上的小型机器。

"那是什么啊?该不会是边看书,还边用手机传简讯吧?"

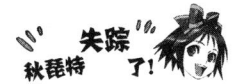

"这是PDA。"

"哇,不好意思。呃,我不是故意要打扰你的……"

"PDA就是个人数字助理的缩写,可以记录行事历或工作,如果有无线网络的话,还可以上网或发E-mail……"

"呃,这个……"

"如果再搭载GPS的话,即使在这样的深山里,也能立刻知道所在位置。GPS就是全球定位系统的缩写,原本是用于军事方面……"

"啊,谢谢你,真的是受益良多,嗯……"

唉!我对这种人,实在是没辙,甚至感到害怕……

我不自觉地后退了一步,却不小心撞到人。

"啊,对不起……咦?"

我背后一个人也没有呀!但我刚才的确感觉撞到人啦……

啊,短发上绑着两根小马尾,像栗子般圆滚滚的眼睛,那是向井里鸣,是我们班女孩子中,个子最小、长得最可爱的一个。

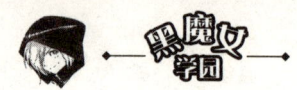

不过，她却紧黏着我的背包，到底在做什么呢？

"我知道了！"

知道什么呢？

"千代所带的点心，有奇巧的巧克力香蕉，洋葱口味的品客薯片，还有栗山米果的月亮米果，对吧？"

那副全都猜对的得意模样，还真的有点像月亮米果呢……但，到底是怎么猜中的呢？

"因为我最喜欢零食了，用闻的就知道哦！"

怎么可能……难道她的鼻子，跟狗一样灵敏？

"真不愧是零食专家，不过如果过度依赖嗅觉，可就不见得令人佩服喽！"

从背后传来一阵出奇尖锐的声音。

这次又是谁呢？咦？那张像落花生一样的脸，是要陆同学。

以男孩子而言，要陆的个头稍嫌矮小。那像蚕豆般的眼珠子总是左顾右盼的，跟与那国相比，他的外表也比较稚气一些。

"光凭味道，就只能猜出内容物吧？不过，如果像我一样，根据资料来推理，便能进一步知道：品客薯片是小罐装，月亮米果是从家庭号分装出来的，而且，全都

是前天从石田屋购物中心买来的。"

全都猜对了……可是，为什么连这些细节都知道呢？

莫非，他偷偷在背后跟踪我……

"No，小姐。这全都是靠我这小小的灰色脑细胞所归纳出的结论。"

No？小姐？

这是哪一国语言？听起来真是恶心……

要陆同学原本就是这种个性吗？他平常一到休息时间，就会忽然消失无踪，所以，我对他根本不了解。

"那么，我来做一下说明吧！关键就在于你的个性。"

什么？要陆同学的鼻子上，居然戴了一副圆镜片的小眼镜。

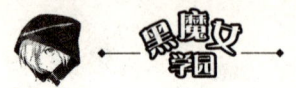

他应该没戴眼镜的呀,究竟是在什么时候……

"黑鸟小姐的个性不拘小节,发型是娃娃头,服装则是T恤搭工作裤,朴实且不修边幅。"

一股闷气油然而生,这什么形容词嘛!

"当然,挑零食也是如此。你应该不可能会坚持非Fran的极品森林草莓不吃,或只吃Mouese Pocky的草莓口味吧?"

不行吗!

"对于远足的零食也是相同态度,你被紫苑小姐硬拉到石田屋购物中心后,就被说服买下同样的东西了。由此可知!"

要陆同学推了一下鼻子上的小眼镜,并露出胜券在握的得意笑容,实在是惹人厌!

"你背包里所装的零食,跟紫苑小姐的一模一样。因此,只要回想在电车中,紫苑小姐将哪些零食一扫而空,便能轻松得知。"

小惠已经把零食都吃光了……比起这段推理过程,这事实更加让人震惊!

"太厉害了,要陆同学!真不辱'父亲是名侦探'之名啊!"

"咦?向井你说的'父亲是名侦探',是什么意思啊?"

"千代,你不知道吗?要陆同学的父亲是私家侦探哦!"

天啊!感觉好酷哦!原来如此,难怪刚才会出现"父亲是名侦探"的字眼。

不过,要陆同学似乎不太高兴呢!

"No,No,这种称呼是不对的。如果真想赞美我的话,就请叫我'日本版的赫尔克里·波洛(Hercule Poirot)'吧!"

什么?好吃的菠萝?

"向井最喜欢好吃的菠萝了!"

"是赫尔克里·波洛!出自阿加莎的推理小说,他可是举世闻名的名侦探哦!用这样的形容,就应该比较好理解吧?mon ami(男性),mon amie(女性)。"

一点也不容易理解。相反的,这到底是什么怪腔怪调啊?

忽然间,埋首于计算机书中的与那国,头也不抬地插了句话。

"波洛是个出生于比利时,却会说法语的侦探。因

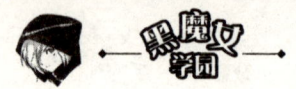

此，在英国作家阿加莎所写的英文推理小说中，偶尔也会交杂着几句法文。"

你是说谁说哪种语言？能不能请你说慢一点啊……

"而且，要陆之所以立志成为波洛，是源于想要与父亲分庭抗礼的心理。"

原来，要陆同学也想跟父亲一样成为侦探啊！

"那么，经常在学校里消失踪影，该不会也是在玩侦探游戏吧？"

"什么'游戏'啊，没礼貌！是案件搜查。我是去搜集证据，再加以推理。"

第一小学发生过需要搜查证据的大事件吗？我可从来没听说过。

"总之，请不要乱取'父亲是名侦探'这种绰号。这不但对名侦探系列的楠木诚一郎老师非常失礼，对我也是。如果真要这么称呼的话，那请说：'父亲也是名侦探。'"

"所以说，你就是'迷侦探'喽？"

听到与那国这句讽刺，要陆同学那张花生般的脸，顿时变得一片通红。

"monsieur 与那国！你这句话是什么意思？"

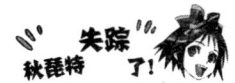

"两位都不要吵啦!"

向井同学用她那娇小的身躯,拼命拉开扭打在一起的两个人。

"要陆同学,既然如此,不如就走《金田一少年事件簿》的路线吧!不是有句经典台词吗?'以我爷爷的模样变身'之类的。"

正确的台词,应该是"以我爷爷之名发誓"哦!

小学五年级生如果变身成老爷爷的模样,那才真正是吓死人的大事件呢!

真是的,这群人到底在搞什么啊!

对于想要懒散度过远足时光的我而言,他们的个性实在是太强烈啦!

真要这么说的话,雾月姬香应该也不合格,因为她的外表太过抢眼了。

她的身材在班上的女孩子当中最高,那头超大卷长发,如波浪般垂在肩膀两侧。每天的装扮,都是走欧洲童话故事的风格。

有传言说,雾月同学是童话故事迷。她的家境相当富裕,因此家中到处散落着洋娃娃、《格林童话》和《贝洛童话》的绘本及DVD。她前阵子在生日派对上收到的

礼物，居然是在院子里重现的"糖果屋之家"。

服装造型方面也是千变万化，才刚看到她穿"阿尔卑斯少女海蒂"风格的黄毛衣搭红色腰带，隔天她便换成海蒂的死对头克拉拉少女风格，改穿绑着缎带蝴蝶结的蓝色圆裙。而再隔天，则是卡通《睡美人》中，那套低胸的小礼服。

因此，她才会被赋予"童话故事女王"的绰号。

今天，她则穿着一袭长至脚踝的纯白公主风丝质蓬蓬裙，真不知这次的范本又是来自何处。

不过我个人觉得，她走在山路时的样子，活像是个在飘浮的白色幽魂……

咦？从雾月同学的手上，好像掉出一些白色的东西。

我蹲下一看，原来是爆米花。

"喂，雾月同学，你的背包可能破了一个洞哦……"

我一说完，雾月立刻甩动那特大号的"半屏山"刘海，回过头来。

"嘘！我在丢东西做记号，如果被识破就不妙了啦！"

做记号？丢东西？

"回程路径的记号啊！只要有这个，即使被丢在森林里，也能平安回家哦！"

被丢在森林里？啊，该不会是指……

"我们何时会遭遇《汉塞尔和格蕾特》那样的际遇，没有人知道吧？为了预防不测，我才会用心良苦做下记号。"

呃，可是，汉塞尔和格蕾特是一对被继母欺负的兄妹，而我们则是五年一班全体同学，情境完全不同啊！

我想，无论我怎么说都是白费唇舌吧！因为眼前这位，可是对于精灵和森林小人的存在深信不疑的"童话故事女王"。

而且，我也无法打包票保证，这一定是无稽之谈。

因为，我家就有个童话故事中所不可或缺、好吃懒做的黑魔女。

话说回来，在家要应付黑魔女的荼毒，在学校则要面对千奇百怪的五年一班，对黑鸟千代子而言，能够悠然自得的地方，究竟在哪里呀……

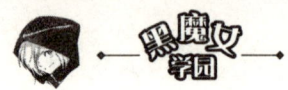

3 发生迷路事件！

"好，在这里暂停，大家集合！"

松冈老师把纸卷成一束，高高举起，以吸引大家的注意。

"这里就是比久井山的山顶喽！"

一行人走了约十分钟左右,便来到了一个小广场。

哇!终于到达了。唉!真是累到最高点。

全身汗涔涔,膝盖也酸软无力,头昏又眼花。

既然费尽千辛万苦才爬上山,从山顶眺望的景致想必很美吧……

怎么回事?三百六十度环顾四周,全都是山、山、山……

"这个地点,刚好是五座山最居中的位置,高度也最低。比久井山的名字也是由此而来。"

"冷知识女王"铃木薰说话了。

"因此，从比久井山山顶所能看到的，只限于高山山腰连绵的景致而已，这也是其外号'比度井山'，也就是'糟糕山'的由来。"

"哇呜！真不愧是姐姐，果然是很糟糕的一座山！"

嗯，我赞成弟弟铃木重的说法。不管是登山或远足，这都是一座既累人又看不到风景的糟糕山。

"我们就在这里解散，集合时间是一小时后的下午一点，接下来自由活动，大家就开心地享受大自然吧！"

老师，这是个除了树木之外就没啥看头的鬼地方，到底有什么好玩、好开心的啊！

不过，大家却都兴奋地欢呼着。

"三条翔，一起吃便当吧！"

"百合想独占，未免太狡猾了吧？三条同学，也跟我们一起吃嘛！"

美男子三条翔被女生们团团包围。

"那就以我为中心坐下！这样大家就可以跟我保持同样距离，一起吃便当。"

或许三条同学的用意，是想平息众怒，但正对面的位置究竟要让谁坐，我想大概又有得吵喽！

"大家一起帮忙找野草吧！"

哇！这位朝气蓬勃、戴着圆框眼镜的少年，是狮子村贵海。只见他正从巨大的背包中，依序拿出简易煤气炉、平底锅和各式调理器皿。

狮子村同学是个擅长做家事的男生，其中又以烹调料理，尤其是野炊最为拿手，不久前，他还在落合溪的岸边露了一手拿手绝活。

"今天的料理是什么呢？如果没放豌豆仁的话，那就给我吃一点吧！"

松冈老师……身为老师，却挥动着筷子飞奔过来，那贪吃的模样实在让人有点难过啊……

"我打算制作青紫苏和秋麒麟草的天妇罗、盐水汆烫山蕨鳞茎、清炒野苋，还有水煮面线！"

"那就来吃流水面线吧！"

色胚王牌大喊着，在一旁傻笑着的则是大谷早斗和横纲。

这群狂徒，不知道打着什么坏主意。

不过，算了。这三个人就交给玛莉亚来收拾吧！

"真是群无聊的家伙。黑鸟，我要去树上看这本《决

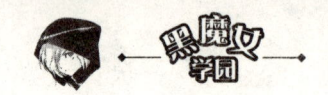

定版·照描即可的恶魔召唤术》，要不要一起来？"

速水瑛良同学！我敬谢不敏！

色胚王牌他们的诡计的确很无聊，但"照描即可"便能召唤出恶魔的仿冒魔法书，也是一样无聊至极啊！

"速水！黑鸟要跟我去山里修行啦！"

哎呀！东海寺同学果然出现了一如预期的反应！

换句话说，另一个人势必也会登场喽！

"你们这些冒牌的通灵者，我可饶不了你们！"

麻仓同学也加入了战局，我看，你们三个干脆打一架算了。

而我，则是要找个安静的地方，独自享用我的便当……

"老师！不好了！"

小舞神色紧张地跑了过来，到底发生了什么事呢？

"向井同学不见了！"

看到那一脸认真的表情，高举着筷子的松冈老师，不禁猛眨眼睛。

"不见了？怎么回事呢？一路同学？"

"因为老师没点名，所以我就算了一下人数，结果发现少了一个人。于是，我就一个一个确认……"

这才发现，独缺向井同学一人。

"说不定就在那一带的树阴底下？这孩子个子娇小，很容易被看漏的。"

"我也是这么想，所以连花丛底下都找过了，但就是找不到！"

老师也就罢了……想不到连小舞也……

她又不是小精灵，怎么会躲在树阴底下或花丛下啊！

"喂！跟向井一起走的同学，请举手。"

总算体认到事态严重的松冈老师，这才神色凝重地环顾四周。

举起手的一共四人，与那国、要陆、雾月跟我。

"那，你们知道她在哪儿吗？"

我们不由得面面相觑。你问我们，我们也不清楚啊！

一行人走了一小段路之后，向井同学就开始闻大

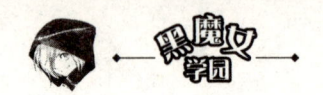

家的背包，猜里面所装的点心，然后，山路便开始变陡……

"光走路就很累人了，根本没时间去留意周遭啊！"

要陆对着用手指拨弄鬈发的雾月，小声地嘟囔着。

"大家都没什么交谈，只是默默爬着山。不过，沿路也的确没发生什么诡异的事呀！"

的确如此，不用说哭喊惨叫，就连跌倒或滑跤之类的异常举动也都没有发生。

"而且，那家伙居然还捡爆米花来吃哦！"

"与那国，你说的爆米花是什么意思？"

松冈老师歪着头，露出难以理解的表情。

"雾月沿路撒爆米花呀！你看，就是那个。"

与那国同学指着我们所爬上来的山路。

果真看到在那山路上，每隔五六米，便掉落着一个小小的白点。

"然后，向井就走在后面，把它捡起来吃。"

"雾月为什么要丢爆米花呢？"

"啊！那是出自于《格林童话》中的故事……"

雾月同学本想说出那对可怜兄妹的冗长故事，却突然被要陆同学给打断了。

"请等一下。如果向井同学沿路捡食爆米花的话，那为什么爆米花还留在山路上呢？不觉得很奇怪吗？"

啊！那倒也是。

"可是，我真的看到向井同学把它捡起来吃啊！"

"No，No，与那国先生，你当然没有说谎，但这件事也刚好告诉了我，寻找向井小姐的重要关键。"

啊！要陆同学不知何时又将那副小眼镜戴上了。他到底是如何办到的呢？

"我们可以沿着爆米花的路径寻找。爆米花突然不见踪影的地方，也就是向井小姐发生事故的地方。"

"没错！要陆，你很厉害嘛！"

被松冈老师一称赞，要陆同学也开心地微笑着。

"不过，的确是很厉害，不辱'父亲是名侦探'之名啊！"

"黑鸟小姐！你这种说法实在……"

"总之，我们快点去追踪爆米花吧！"

松冈老师脚步踉跄地冲下来时的山路。

我当然不能坐视不管。毕竟是一起走的同伴，就要负起责任，我也要一起去找向井同学。

"我也要去！"

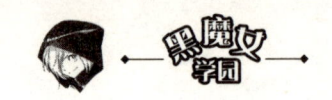

"我也是！"

"我也要！"

雾月、与那国和要陆同学，似乎都跟我有相同的心情。

当然希望一切能够平安无事。不过，这座低矮的比久井山虽然以家族远足为主，但毕竟也是宏伟大自然的一部分，威力还是不容小觑……

"爆……爆米花在这里就……"

从山顶往下冲约十分钟左右，松冈老师忽然停下了脚步。

在被人踩踏过的坚实山路上，遗留着一颗爆米花。回头看一路冲下来的坡道上，每数米便落着一颗爆米花，但从这里往下走，丝毫不见白色小点。

"也就是说，在这里，一定发生过什么事情。"

与那国同学开始观察起四周。山路右侧是杉树耸立的登山斜坡，左侧则是杉木林立的悬崖。

"找不到任何异常的地方啊！"

要陆同学拿着那不知道从哪儿掏出来的放大镜，开始调查起山路两侧。

然而，两侧除了丛生的杂草外，不但毫无人迹，也看不到任何其他东西。若要说可疑之处，大概就是左侧斜坡下方稍远处，隐约可听到潺潺流水声。

"你们当时跟向井同学聊了什么？"

松冈老师露出非常正经的表情，似乎打从心里担忧着。不过按照常理来说，老师担心学生也是理所当然的。

"一时也想不起来啊！"

与那国同学和要陆同学困惑地互望着。

"我们聊到了《汉塞尔和格蕾特》的话题。"

"雾月同学……现在正是认真思考向井同学失踪线索的时刻，童话故事的话题就先放一旁吧……"

"是向井同学先开始聊《汉塞尔和格蕾特》故事的。"

雾月同学摇晃着波浪鬈发，朝我这边瞪过来，那眼神超级认真！

"你说说看，当时聊了些什么。"

松冈老师似乎感觉事有蹊跷，急忙询问雾月同学。

"向井同学一闻出我的零食是爆米花，立刻脱口说：'其实可以把爆米花沿途撒在山路上。'"

《汉塞尔和格蕾特》的故事中，两兄妹被坏心后母丢弃在森林里时，沿路做了不少白色的记号。向井同学便

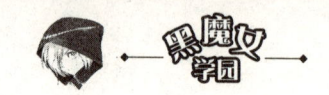

提议说，她们也来依样画葫芦看看。

"于是，我就告诉她：'汉塞尔和格蕾特用来做记号的，是白色小石头哦！如果用爆米花的话，一定会被小鸟吃掉，到时候就找不到回家的路了。'"

原来如此。两兄妹第一次是用白色小石头做记号，得以平安回到家。但第二次他们用面包屑做记号后，就被小鸟给吃光，难怪会找不到回家的路。

"结果，向井同学就说：'不过，汉塞尔和格蕾特却因此找到了糖果屋啊！所以，会被小鸟吃掉的记号反倒比较好。'"

"总之，你想说的是：向井小姐去了糖果屋？"

要陆同学扬起鼻子，对着雾月同学冷笑。不过，却被松冈老师给打断了。

"这说不定是个很好的线索哦，你们看那边！"

松冈老师抬头望向山坡斜面，视线落在已褪成白色的巨木上。虽然不知道那是什么树，但显然和周遭的杉木不一样。

而且，在那树木的根部，有个咖啡色小屋似的建筑物。

我记得刚刚环顾四周时，没看到那棵树和小屋子啊……

"说不定，向井就在那里哦！"

松冈老师的眼神里闪耀着希望的光芒，并开始爬上斜坡。

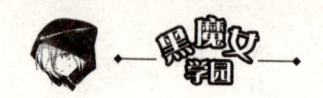

4 诡异的问题

"哇啊！快喘不过气来了。"

开始爬之后，才知道这段斜坡比眼睛所看到的还要陡。

姑且不论老师，我们四个几乎是把手当脚爬，一路哀叹声不断。

终于爬到终点后，矗立在眼前的，与其说是小屋，不如说是像庙堂的感觉。

不过，这斜坡上的庙堂连条通道也没有，到底会有谁来呢？

而且还是个荒废的老房子。

那是茅草屋顶吗？仅用枯枝般的东西层层叠成的屋顶，到处都已经破旧颓败。位于四层石梯上方的正面拉门，也已经残破不堪。而围绕着庙堂的走廊，也到处都是破洞。

"这里就是糖果屋！"雾月同学兴奋地大叫后，突然说起《格林童话》里的内容。

"墙壁是用面包砌成的，屋顶是糖果，而窗子则是亮晶晶的糖霜。"

我忍不住摸了一下墙壁，这毫无疑问的，是木头！

"肚子饿扁的汉塞尔和格蕾特，便开始吃起糖果屋。接着，忽然从里面走出一位慈祥的老婆婆，对着他们说：'哇，可爱的孩子们，快点进来，好好休息吧！'"

雾月同学那水汪汪的大眼睛里，闪烁着无数颗星星，显然已经进入"糖果屋"的童话情境里……

"不过，就在汉塞尔和格蕾特进入屋子的一刹那，老婆婆突然面露凶光地说：'嘿嘿，被我抓到了。'"

此时，雾月同学忍不住摇晃一下那头巨大的超鬈发。

"没错！老婆婆其实就是魔女！"

可怕呀！

雾月同学，她刚才是不是用一种微妙的眼神看着我？

"所以，雾月想说的是，向井可能跑到这里面去了吧？"

咦？老师，雾月的话里有这个意思吗？

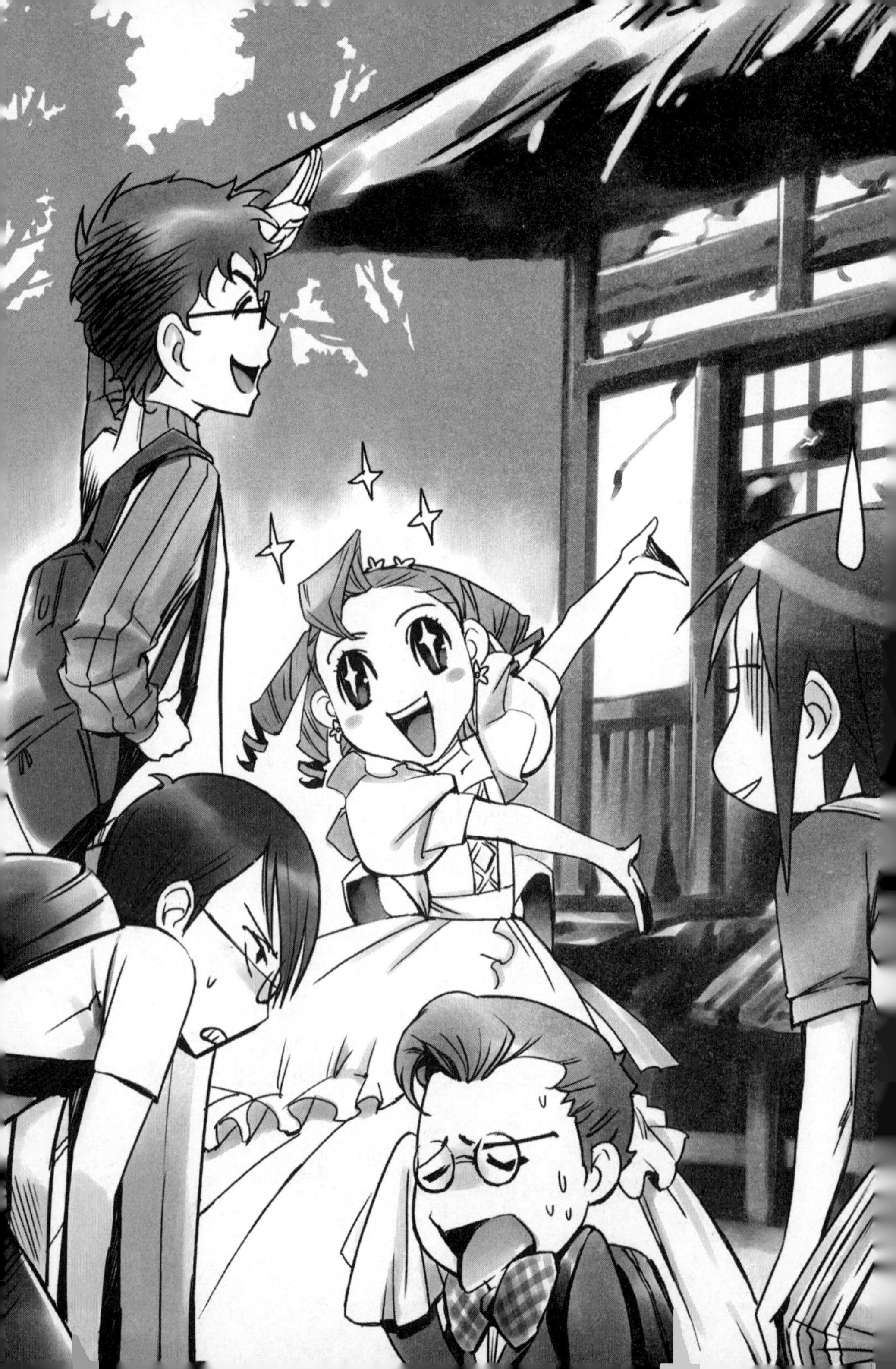

"这的确是个破旧的庙堂,在满脑子只有零食的向井眼里,却是栋美味的糖果屋。我这个与学生心连心的'热血的型男教师',是很能了解这种心情的。"

哇呜,松冈老师的自恋情结,再度爆发!

不过,他居然毫不犹豫地走进幽暗的破屋子,还真勇敢!

如果身为教师能够做出如此勇敢的行为,那么,自恋情结倒也没什么不好。

"老师,我们也要去。应该需要这个吧?"

要陆同学一脸得意的从背包中拿出来的是,手电筒!居然无时无刻都带着侦探道具,这让我再度对绰号"父亲是名侦探"的他刮目相看。

"老师跟同学们,都请跟在我背后。"

好的,大家一起走的话,就不会害怕了。让我们一起去寻找向井同学吧!

话虽如此,但潮湿不流通的空气及腐臭的味道,真让人难以忍受。恶!

手电筒的灯光,就像鲤鱼旗的鱼眼睛般,形成一小道光束照在熏黑的墙壁上。

上、下、左、右……

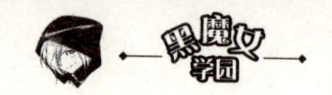

"刚才，好像有看到一张纸！"

仿佛像是在响应松冈老师的疑问般，要陆同学将光束转了回来。

果然有张纸，上面用潦草的字迹写着：

请解开下列问题，若解答正确，将归还你们所寻找的女孩子。并附赠乐烧当礼物，请多多加油吧！（要颗粒红豆馅，还是豆沙馅？请先考虑清楚）

啥？乐烧？要颗粒红豆馅？还是豆沙馅？

为什么在这世界上，会有那么多人相信乐烧是食物呢？

"这……这是挑战书呀！向井被绑架了！"

松冈老师激动地紧握拳头，气愤地咬牙切齿。

没错。比起乐烧的事情，这才真正是在"摊上大事了"！

不过，在这样的荒山野岭中，为什么会发生绑架事件呢？而绑架的目的又究竟为何？

"老师，下面还有一行字哦！"与那国同学声音颤抖地说着。

若解答错误，则必须贡献一人当祭品，否则全都无法踏出这里一步。

咦？无法踏出这里一步的意思是……

啪嗄！

"天啊！门被关起来了……"

循着与那国同学的声音回头一看，方才因从外射入的四角形光线而变亮的墙壁，现在已变成漆黑一片。

"啊，打不开呀！"

与那国同学砰砰砰用力敲着门，门却纹丝不动。

"可恶，这扇拉门明明是破旧不堪的呀……"

"这里果然就是糖果屋呀！"

雾月同学那袭白色礼服在黑暗中，仿佛像魂魄乱飞般飘舞着。

"魔女把小朋友吸引到这里后，打算煮来吃。'真是自投罗网啊！咿嘻嘻嘻嘻！'魔女还一脸得意地奸笑着。"

雾月同学，当你说到"魔女"时，能不能不要盯着我看啊？

还有那种笑法，的确是得意的奸笑，但似乎太栩栩

问题：看了下列物品后，请在（）中填入适当的句子。在紧要关头时，最能派上用场的是（）。

如生了……

"别慌张！有老师在这里啊！"

哇呜，松冈老师！你是我们的靠山！

"总之，只要解开问题，一切就能解决。要陆，照一下题目！"

要陆同学点点头后，立刻移动手电筒的光束。

在橘色光圈的照射下，问题内容跃然浮现。

啥？这就是问题？有看没有懂……

与那国同学和要陆同学也歪着头感到不解，同时小心翼翼地靠近墙边。

"这个，是绳索吧！摸起来粗粗的，应该是所谓的麻绳。"

"这张鬼面具的脸好狰狞啊！而且很老旧。呃嗯，这样的时刻，与其搬出波洛的方法，还不如参考日本侦探的经验比较管用。好，首先来说经典台词：'以我爷爷的模样变身！'"

是"以我爷爷之名发誓"啦！到底要说几次，他才听得懂啊，这个迷侦探！

"这张写着'九之一'的纸，也让人完全想不通。"

松冈老师烦恼地搔着头，而雾月同学则摇晃着那头

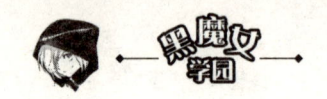

鬈发慢慢靠近。

"会不会是九年一班的意思？但我们是五年一班，所以应该是五之一。"

"可是，日本并没有九年级啊！"

"但我有听说过，这世界上有其他国家及地区是采用这种制度的。"

不过，这里是日本哦！在比久井山的纯日式庙堂中，而且还以鬼面具当线索！可见得这跟世界上的其他国家没有任何关系，不是吗？

"哈哈！"

"原来如此啊！"

搞什么嘛！要陆同学居然和与那国同学对看一眼，露出微笑。

"大概……解出来了。"

要陆同学一边说，一边凝视着松冈老师，还炫耀似的张大了鼻孔。

"仔细一想，这个问题真是简单。而且也有提示呀！"

什么嘛！这两个人。少装模作样，快点说出答案吧！

"那么，就由我来为大家说明吧！"

要陆同学将手电筒靠近墙壁。

"这是用来表现汉字的复合词。首先,这条绳子是麻绳,所以是'麻',而下方的面具则是'鬼'。"

"哦哦!"

"而'九之一'并不是指年级,而是直接念成'九之一',以平假名写成'女'这个字。嗯,再把这三个字排列在一起……"

"麻"、"鬼"、"女"。咦?

"试着把'麻'跟'鬼'合起来,变成一个汉字看看。"

与那国同学得意扬扬地笑着,说出了提示。

唔?"麻"跟"鬼"合在一起,会变成"魔"这个字……

再加上下面的"女"……

魔女!

"魔女?'在紧要关头,最能派上用场的是(魔女)',这就是答案?开什么玩笑!"

松冈老师的脸,因暴怒而变得红通通。

"不知道这是谁的恶作剧,但答案已经解出来了,喂!快把我的学生还来!"

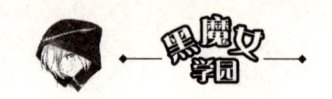

"咯咯咯咯咯!"

突然出现了一阵令人毛骨悚然的笑声。

"谁？是谁？"松冈老师不禁大叫。

"你说，会是谁呢？"

从天花板传来的，是如同把纸揉皱般嘶哑的声音。

"是魔女！果然被我说中了，这里是魔女的糖果屋呀！"

果真被雾月同学的乌鸦嘴给一语成谶了。

光是听到那刺耳的声音，邪恶魔女的模样便立刻浮现在脑海中。那散落在黑帽子下的满头白发、大大的鹰钩鼻、混浊的眼睛以及咧到脸颊的血盆大口。

"那你到底要对我们怎样？"

雾月同学晃动着大鬈发，不甘示弱地回嘴。

"这个嘛，干脆依照魔女的一贯做法，把你们变成青蛙好了。"

"被变成青蛙的是王子！跟我们女孩子一点关系也没有！"

哇呜！真不愧是"童话故事女王"，反驳一针见血。

这时，天花板上的魔女也仿佛已经融入剧情，顺势回说："这……这样的话，就把你们推进烤面包的炉子里，烤来吃好了。"

"在'糖果屋'里，可以吃到许多美食，我们却什么都没吃到啊！"

喀搭喀搭！

哇哇哇！屋子剧烈地摇晃不止！魔女恼羞成怒了！

"天啊！"

"这……这是怎么回事啊！"

仿佛在嘲笑着发出悲鸣的我们，屋子发出吱吱嘎嘎的挤压声，左右剧烈地摇晃着。而且，还不只是这样。

"绳子在飞！"

"危险啊！鬼面具也飞起来了！"

这是骚灵现象！

这种事情不可能是人为的。所以，贴在天花板上的是货真价实的魔女呀！

可是，这种地方为什么会有魔女呢？

莫非，这里会裂开个大窟窿，变成前往魔界的入口？

这是很有可能的。因为就连石田屋购物中心的屋顶也曾经开个大洞过呀！

而且我们还在毫不知情的情况下，一脚踩了进

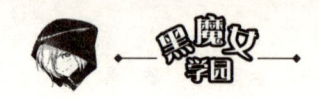

去呢！

咦？这该不会都是我所造成的吧？被秋琵特拖着进行黑魔女修炼的我，尽管只有四级程度，但毕竟算得上是个黑魔女。

因为我的魔力作祟，导致五年一班接连不断出现许多灵异事件？

果真如此，那可就糟糕了。绝对不能把其他无辜的人卷进来呀！

必须想想办法才行。在这样的时刻，身为黑魔女的我，更该挺身而出。

可是，该怎么办才好呢？

我所拥有的魔法有限，又没穿上哥特萝莉服。穿着这身腰线宽松又尺寸不合身的工作服的我，充其量不过是个热爱魔法的少女呀……

"有谁可以救救我们啊！"

就连与那国同学也放下聪颖美男子的形象，大声哭喊着。

这也难怪啦！在这种情境下，任谁都会害怕到不知所措的。

"太卑鄙了！我们已经说出正确解答'魔女'了，快点把学生还给我！"

松冈老师！在这样的情况下，还能勇敢回嘴，实在是太感动了！果真是"热血的型男教师"啊！

"还有，快点请我们吃乐烧！"

松冈老师……我就说乐烧并不是甜点啊……

"'魔女'是正确解答？我什么时候说过？"

嘶哑的声音再度从天而降，在此同时，剧烈的晃动也停止了。飘在半空中的鬼面具及麻绳，也瞬间掉落在地板上。

顿时陷入一片沉静，一会儿后，那刺耳的嘶哑声又再度响起。

"正确解答并不是'魔女'，所以我不能放你们走。"

"什么？可是，麻加鬼等于'魔'，九之一就是'女'，所以，答案应该是'魔女'啊！"

要陆同学露出一副难以接受的表情，瞪着天花板。

"哼，就是因为老做这么天真幼稚的推理，才会被冠上'父亲是名侦探'的绰号啦！"

哇呜！这家伙居然毫不留情地刺向要陆同学心里最在意的地方。

"那部分的确是'魔女'，但你们看漏了一个地方。"

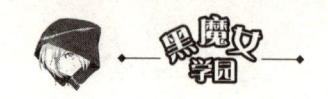

掉在地上的麻绳，轻轻飘了起来，飞到要陆同学的脚边。

"哇！"

"如果你还有闲工夫被惊吓的话，不如看清楚这条绳子吧！"

要陆同学害怕得直发抖，但仍仔细观察起那条绳子。真不愧是未来的名侦探。

"这麻绳就是普通的麻绳啊，看不出有可疑之处呀……"

嗯，我也这么觉得……

"啊！颜色……"雾月同学发出低声呐喊。

颜色？什么意思？

"这条绳子是黑色的，跟我的礼服一比，你看，是全黑的。"

可是，这种事情我们在一开始就知道了啊……

咦？黑？黑色的、麻绳，再加上鬼面具及九之一，组合起来就是……

"'黑魔女'！"大家不禁异口同声地说。

"这……这手段太狡诈了吧……"

要陆同学就像被打出全垒打的投手般，颓丧地跪坐在地上。

"说我狡诈？绳子从一开始就是黑色的，没理由说我狡诈啊！"

好，的确没有玩手段，但实在是太……

此时，在我心里，因为某个理由而生起熊熊怒火。

"在紧要关头，最能派上用场的是〈黑魔女〉"？会出这种题目的家伙只有……

"如同刚才所约定的，请献出一个祭品吧！那个丑八怪，给我过来！"

转瞬间，墙板忽然将我围住，下一秒钟，我就被隔开了。

怒啊！会叫我丑八怪的人，一定就是……

5 黑魔女与魔女开战？

"秋琵特老师！恶作剧也要懂得适可而止啦！"

在屋子后方，我对着盘腿坐在屋顶上的秋琵特大吼着。

屋子里则传来"黑鸟"，是松冈老师的大声呼喊，以及用拳头敲门的声音。

"你也听到了吧？居然把我当祭品，还让大家那么担心。就算你是黑魔女，但也不该把弟子当诱饵，让大家担惊受怕呀！实在是太过分了！"

"白痴！笨蛋！呆子！蠢蛋！傻瓜！儿女不知父母心！'亲不知子'是位于新潟县的海岸！"

啥？我怎么觉得，最后那一句好像牛头不对马嘴？

"我跑到这里来，可是救了零食少女一命哦！"

这到底是怎么一回事？

秋琵特接下来所说的话，按照惯例太过冗长，因此

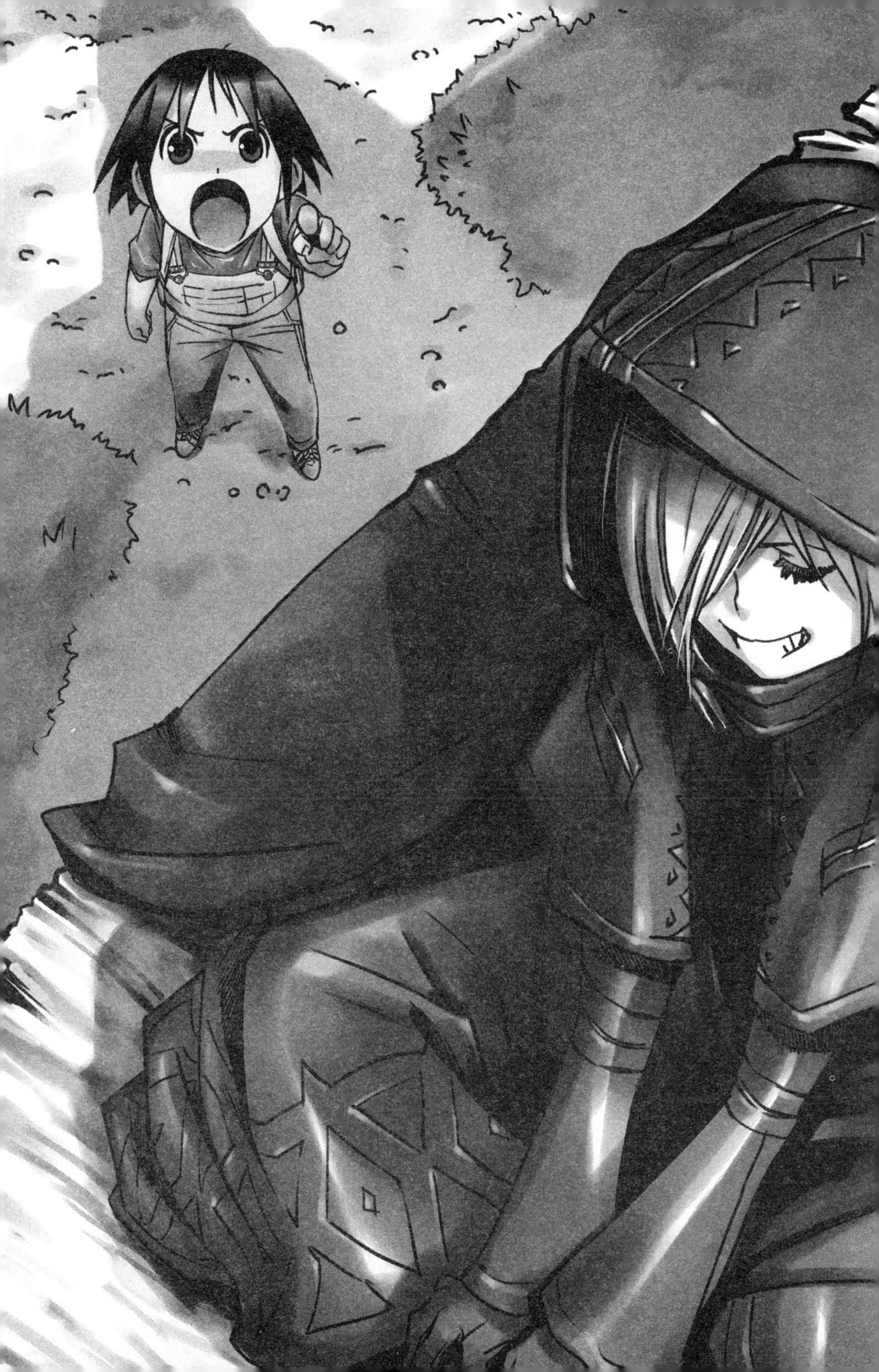

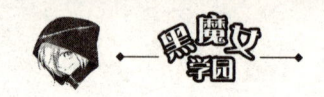

简略如下：

1. 由于千代我没有零用钱，不可能买乐烧当伴手礼。

2. 秋琵特想用黑魔法，让身为成人的松冈老师帮她买乐烧，于是追到这里来。

3. 结果却意外目击到，向井同学走错山路，被坏人抓到魔女小屋来。

"魔女小屋？这么说，除了秋琵特老师之外，果然还有其他魔女喽？"

"没错。她叫做鬼婆婆芭芭雅嘎（babayaga，俄语发音）。"

鬼婆婆？是《棉花糖精灵》里的新角色吗？

"在这样的紧急时刻还乱开玩笑，小心我动用'黑死咒语'哦！"

我没有乱开玩笑啊！

总爱在重要时刻，乱开无聊玩笑的，应该是秋琵特你吧？

"鬼婆婆是化身为老婆婆模样的吃人魔女哦！尤其特

别喜欢吃小孩子。"

吃小孩子？好可怕哦……

"而且啊，这家伙住的是建在巨大母鸡鸡爪上的小屋子，只要母鸡一飞，住所便会跟着迁移，因此经常神出鬼没的。在人界也是，她曾出现在《俄国童话》故事中，里面描写了不少关于她的恐怖情节。"

所以，向井同学是被那吃人魔女给抓走喽？

"下个月的月底就是复活节。对急性子的魔女及魔物而言，现在差不多是网罗猎物的好时节了。"

请不要把人说得像当季的蔬菜水果一样，好吗？

"这下可惨了！不赶快行动的话，向井同学就要被吃掉了。"

"冷静一点！我就知道会有这种事情发生，所以我把哥特萝莉服给带来了。"

咦？

"打倒鬼婆婆，对我来说是轻而易举的事，但毕竟我是专业的黑魔女指导员，这种能够让弟子累积实战经验的机会，怎能轻易错过呢！"

"现在还那么优哉啊！万一向井同学在这段时间被吃掉，该怎么办啊！"

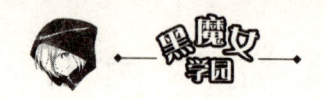

"放心啦！鬼婆婆现在去下面的溪流舀水了。不过，如果不快点换装的话，我可不知道她何时会回来哦！"

啊啊！每次总是在紧急时刻逼迫我。

我知道了啦，马上换装就是了！

可是，虽然四下无人，但在外面换衣服，总是感觉怪怪的。

"少废话，动作快一点！你看，上衣纽扣要扣到最上面一颗啦！"

真啰唆！你又不是我的健康教育老师。

"嗯！换好后，赶快去救被困在鸡爪里侧的零食少女吧！"

秋琵特所指的方向是，耸立在小屋旁的褪色巨木。

"母鸡鸡爪，是什么意思？"

"你都没有认真在听别人讲话！我不是说过，鬼婆婆的小屋就盖在巨大的母鸡鸡爪上吗？"

呃，所以说，那并不是树木，而是母鸡鸡爪？

因此，这棵巨木才会跟其他杉木不一样啊……

也就是说，上面有个巨大的鸡爪？

我战战兢兢地抬起头来一看……似乎有些模糊不清的白色东西，但搞不清楚究竟是树叶，还是羽毛？

哎呀！我又没趴在地上观察过母鸡，怎么形容得出来呢……

不必在意这个，最重要的是向井同学的安危啊！刚才秋琵特说，是在巨木的另一侧……

"千代！你看！这里，有好多零食哦！"

向井同学嘴边都沾满巧克力、饼干屑及仙贝屑，还一脸开心的模样。想象着向井同学嘴里被塞毛巾，且手脚被绑起来的我，到底算什么？

"是这样的。当我闻到零食的味道时，刚好看到前方有栋屋子。然后，从里面走出一个慈祥的老婆婆跟我说：'这里有很多好吃的点心哦！'"

那就是人称鬼婆婆的吃人魔女呀！

不过，跟她讲这个，她也不会懂的啦！

"向井同学，松冈老师他们都非常担心你，而且正在那个屋子里等着，快点跟我回去吧！"

"好的！不过，请等我一下，我要把零食都带走。"

向井同学把身边堆积如山的零

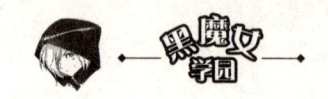

食，一个接一个塞进背包里，接着再塞满外套及裤子口袋，然后，两手也抱了不少，最后连下巴都夹着一袋糖果。

"哎呀！没办法全部带走！"

向井同学……我想，这些零食应该够你吃一个月了。

"喂，从这里进去吧！"

秋琵特推开小屋墙壁，墙板转了一圈，向井就被转进去了。接着，从里面传来松冈老师他们的欢呼声。

"很像忍者的房子吧？魔女小屋就是长这样哦！"

秋琵特呵呵笑着，从屋顶上迅速飞了下来。

"接着，终于要对决了。黑魔女四级的你，如果跟鬼婆婆正面迎战，一定毫无胜算。"

"那么，该怎么办呢？"

"只好让她自己知难而退喽！听说鬼婆婆喜欢玩游戏又不认输，那就在这里跟她赌一场吧！"

秋琵特伸出手来，在那戴着黑手套的手指上，夹着两颗骰子。

"丢两颗骰子，以合计数字较多的那方为胜，而输家要对赢家言听计从。"

哇哈，所以，如果我赢了，就可以让她乖乖回家喽!

"没错。不过,这场赌博当然要耍点诈才行。千代,昨天教你的黑魔法,还记得吧?"

啊,"运气提升咒语"!用了那个,骰子就会变成自己想要的数字了。

"啧啧啧!"

干吗比食指啊!你是美国人啊!

"鬼婆婆也会这一招呀!不管是运动或其他竞技,只要跟战斗扯上关系,想出让对方意想不到的战术,就必定是取胜关键所在。"

意想不到的战术?

"嗯,对了,昨晚不是还有教你另一个,那一招呀!"

秋琵特将嘴巴凑近我的耳朵边。

"黑鸟!你也平安无事啊!太好了!太好了!"

我回到小屋子后,松冈老师立刻飞奔过来,大家也开心地直拍手,又叫又跳。我似乎欺骗了大家,突然觉得心有点痛……

"可是,黑鸟小姐,你是何时换上这套装扮的?"

真不愧是"父亲是名侦探"。即使在这种时候,要陆

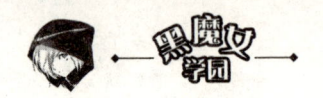

同学的观察力依旧那么精准犀利。而且，连与那国同学跟雾月同学也都露出一副难以置信的表情。

"呃，这个嘛，被当作祭品后，就发生了许多事情……"

哎呀！我都不知道该如何解释了……

不过，在意也没有用，反正我待会儿使用黑魔法时，一定会被他们看到的。只是，关于这一切的记忆，最后都会被秋琵特的"遗忘魔法"给消除掉的。

"对了，老师，我们赶快回去吧！说不定集合时间已经到了……"

"天啊！对哦！既然已经顺利找回向井，就应该赶快回到……"

啪嘎！突然发出一阵超级巨响，入口的门被打开了。

"要去哪儿啊？落入陷阱的猎物们，认命吧！"

站在眼前的，是个驼背的老婆婆。

满头白发，面颊消瘦，鼻子像钩子般隆起弯曲，嘴巴仿佛咧到耳朵般狰狞……换句话说，公认的魔女形象，她全都拥有了。

"你这个吃人魔女，总算出现了！"

雾月同学……那个，虽然你所理解的并没有错，但真正的解决方法，还是交给货真价实的黑魔女吧……

"就跟《汉塞尔和格蕾特》的故事一样，你大概会把我们推进烤炉里吧？但我们可不会坐以待毙。我们要像《汉塞尔和格蕾特》的故事那样，反过来把你推进烤炉中。"

"雾月同学，拜托不要再绕着《格林童话》的情节打转好吗？因为，鬼婆婆芭芭雅嘎好像是出现在《俄国童话》故事里啊！"

"芭芭雅嘎？是《棉花糖精灵》里的新角色吗？"

松冈老师！拜托你不要在这种时刻说奇怪的冷笑话！

"真是群啰唆的猎物。刚好我肚子也饿了，要先吃哪个呢？就从最先抓到的小个子开始吃起吧！"

鬼婆婆那满布皱纹的眼皮下，银色的眼眸闪过一道光芒。

"不能让你称心如意，你这吃人魔女！"

我一说完，立刻飞奔上前。

"搞什么！你是谁？"

"我是四级黑魔女！"

"四级"一说出口，就觉得有点不好意思。不过，秋

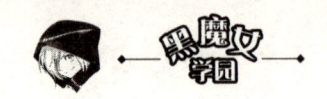

琵特说过，一开始若不诚实说出真相，只怕之后对方若知道我只有四级，会感到错愕沮丧……

"哦，是黑魔女啊！"

笑容立刻从那满布皱纹的脸上消失。太棒了，她并没有瞧不起四级！

"原来黑鸟同学是黑魔女呀？可是，四级只是初学者程度啊！"

与那国同学……对他这种天资聪颖的人来说，四级或许不算什么，但对大家来说，不管是算盘、英文测验还是黑魔女修炼，都要费尽千辛万苦才能通过呀！

话说，我接下来就要应战了，大家可以先闭嘴吗？

接着，鬼婆婆忽然将手上的手杖挥向我。

"真是个不怕死的小丫头！要跟我宣战是吧？"

"没错。不过，打得两败俱伤也不好吧？所以，就用这个一决胜负！"

看到我拿出骰子，鬼婆婆忍不住露出诡笑。

笑到嘴巴几乎都要咧到耳朵边了，真可怕……

"掷骰子啊！很好啊，那就来玩吧！规则是怎样啊？"

哇呜！如同秋琵特所说，鬼婆婆真的很喜欢玩游戏！

"很简单。两个骰子一起掷出，数字总和较多者就是赢家。"

"那，赢了的话呢？"

"任由你摆布。但如果我赢的话，就放我们回去。"

"好啊！那就由我先攻。"

干嘛自作主张啊！

不过，鬼婆婆仿佛理所当然般，伸出枯枝般的瘦弱手臂，从我手上抢走骰子。接着，闭上双眼，咕哝咕哝念起咒语来。

"噜叽乌给、噜叽乌给、阿多拉梅雷窟……"

尽管她的声音沙哑，但四周一片寂静，在这狭窄小屋中，那咒语清晰可闻。

果然不出我所料，是我昨天向秋琵特学来的"运气提升咒语"。

我的魔力还很弱，所以必须拥有掌握"运气提升"能量的魔神阿多拉梅雷窟的符咒，也就是要画出用来召唤魔神的独特记号，才能让此咒语奏效。但鬼婆婆却似乎只要念出咒语，便能发挥魔力。

"嘿！"鬼婆婆用力睁开双眼，掷出骰子。

多少呢？

"六加六，合计十二。"

松冈老师，雾月、向井、与那国和要陆等同学，十个眼珠子一同吃惊地看着我。

"黑鸟小姐，你稳输呀！"

要陆同学不禁发出痛苦的哀鸣，其他人也点头如捣蒜。

鬼婆婆那震耳欲聋的嘎啦嘎啦笑声，更是令人感到厌恶。

"没错。两个骰子最多掷出十二，你根本连掷都不需要了。"

"还没分出胜负啊！如果我也掷出六跟六的话，那就平手了。"

"原来如此，你也想用'运气提升魔法'呀，那就随你便喽！"

鬼婆婆用同情的眼神对着我。

"不过呢，如果都使用相同的黑魔法，持续丢出十二的话，力气总会用尽的。到时候先举手投降的，肯定是四级黑魔女的你呀！"

真不甘心！她果然和大家一样，轻视只有四级程度的我！

好，就让你见识一下四级黑魔女的真正实力。

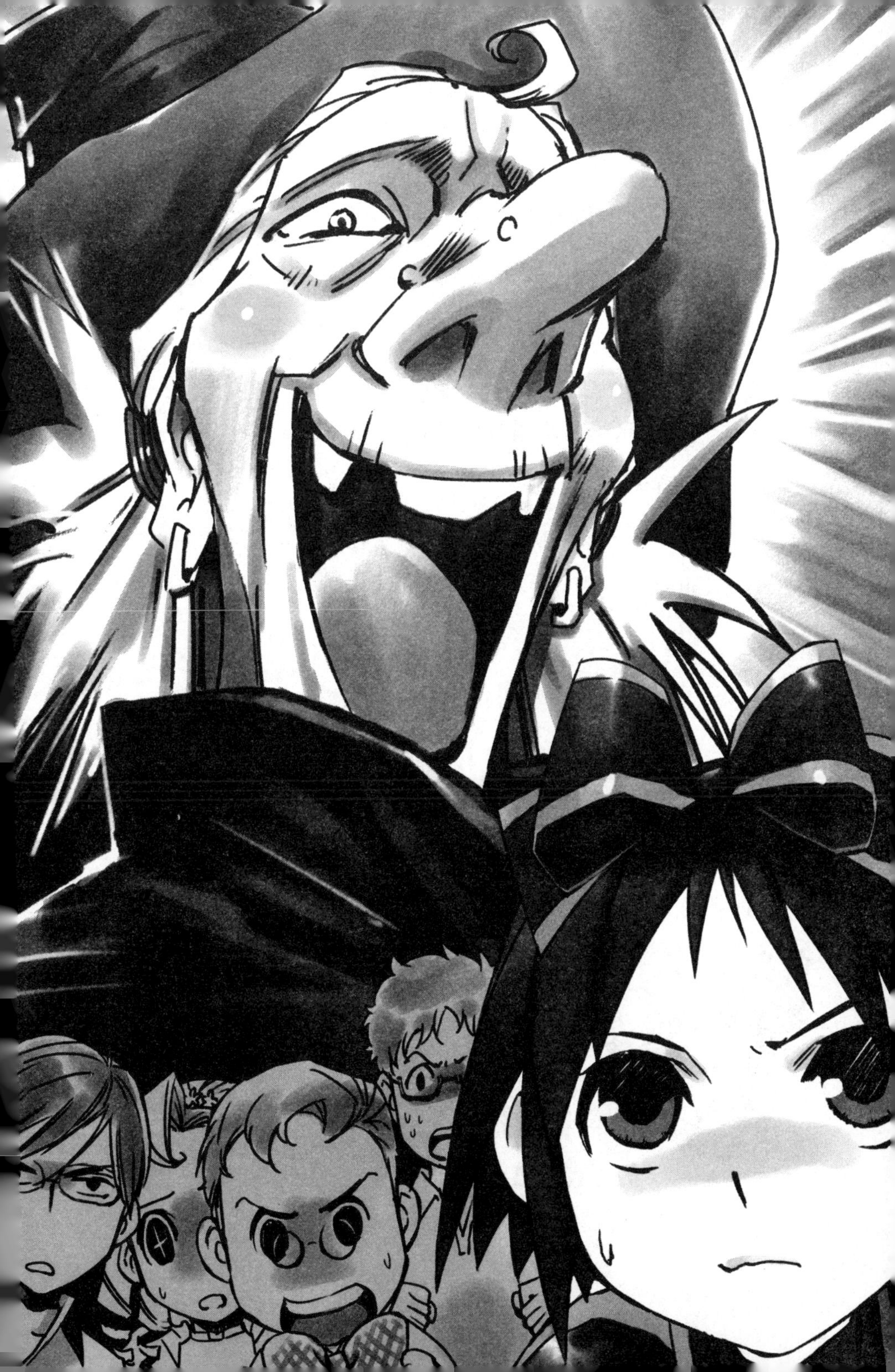

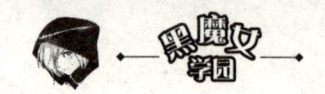

"换我掷骰子!"

鬼婆婆,你给我好好看清楚。

我将拿着骰子的手高高举起,再用力放手一抛。

在迷蒙的橘色光线中,骰子往下坠落。

那一瞬间,我立刻念出咒语。

"噜叽乌给、噜叽乌给、斯帕卡雷!"

锵啷……

伴随着一阵清脆的声音,骰子在地上滚动着。

如何?

"一个是六,另一个也是六。平手……"

小声嘟囔着的要陆同学,突然惊讶地睁大了眼睛。

"哇啊啊!还有另一个骰子!"

"怎么可能!"

松冈老师和与那国、向井、雾月同学都立刻靠过来看。

"真……真的耶!另一个的数字是一。"

"因此,六加六加一就是十三!"

"呵呵,就是这么一回事啦!知道我的厉害了吧?吃人鬼婆婆芭芭雅嘎!"

"怒啊！居然用魔术变出另一颗骰子，根本就是作弊！"

"作弊？才没有呢！看清楚点，骰子还是两个不差！"

要陆同学又用那不知从哪儿拿出来的放大镜，仔细观察着骰子。

"啊！一个骰子分成两个了！"

没错。我所使用的就是"分成两半魔法"。

将骰子切成两半后，便可分成六那一面及背后一的那面。如此一来，一个骰子的数字总和便达到七。

"太棒了！千代！"

"黑鸟，真是对你刮目相看！"

嘿嘿，实在不敢当。因为运用"分成两半魔法"，是秋琵特的点子啦！

而且就黑魔法而言，只需五级程度就可办到哦！

"喂，愿赌服输哦！既然我赢了，就请你放我们回去。"

"怒啊……"鬼婆婆死命抓着手杖把手，一副悔恨的模样。

果真如同秋琵特所说的，鬼婆婆喜欢玩游戏却又不服输！

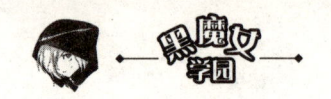

"给我记住，你这个低级黑魔女死丫头！"

鬼婆婆正要用那沙哑的声音吐出脏话时，锵当！吱吱嘎嘎！突然产生一阵巨大声响，同时扬起漫天尘土。

"哇啊！"

"咳咳！到底是怎么一回事啊……"

"不要担心啦！我把鬼婆婆跟母鸡鸡爪都踢走了，小屋也不见了。"

秋琵特的声音在飞扬的尘土中响起。

"我已经对大家施放'遗忘魔法'喽！千代，表现得很不错哦！"

哇呜！在称赞我，真是难得。

那么，灰尘总算停歇了，大家快点回去远足吧……

咦？怎么了？大家，为什么都用那种眼神看我？

"千代，来远足干嘛要穿那种服装呢？"

咦？啊！我身上还穿着哥特萝莉服。向井同学，其实那是因为……

"居然连远足都能穿成那样，害我以后不能再叫'童话故事女王'了啦！你这个'黑魔女女王'！"

雾月同学……

你听我说，我这是奉秋琵特之命，身不由己呀！而且我不是女王，我只是区区四级的小魔女呀……

"黑鸟，原来你是魔女御宅族呀！"

与那国同学，不需要用那种像是看到妖怪的眼神看我吧！

"人家《神仙家庭》里的太太是魔女，五年一班里的千鸟小姐也是魔女呢！"

要陆同学也一样，就算我用"父亲是名侦探，你却是迷侦探"来取笑你，你也用不着借机报复吧！

"嗯，很好啊！这证明五年一班每个人的个性都很鲜明。"

松冈老师！我也被你归类成个性鲜明的人了吗？

秋琵特老师！请再帮大家施展一次"遗忘魔法"吧！

拜托你了，我一定会买乐烧回来给你的！

然后呢？然后呢？

第二章 黑魔女的教学观摩

1 黑魔女偷懒不修炼

"汝等若胆敢不服从，吾人将以魔神撒塔那基亚之力，对汝等施咒……"

咦？刚才，好像有听到走上楼梯的脚步声？

"汝等将被巨大物体吞没，直到最后审判日之前，被其胃液所溶化……"

啊，门把慢慢地转动着……

莫非恶灵真的被我召唤出来了？

尽管我是被迫修炼，但身为四级黑魔女的我，此时正背诵着黑魔法书《黑龙》中的第三章"恶灵召唤术之二"，究竟会发生什么事，可没有人敢保证啊！

哇呜，房门被打开了！

"咯咯咯咯……"

不妙啊……笑声那么尖锐，根本不是人类的声音呀……

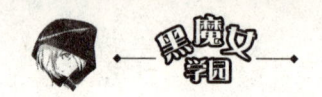

哎呀！那铜铃般大的眼睛偷偷窥视着，不怀好意地眨呀眨的……

而且那双大眼睛还是粉红色的！

"你正在修炼啊，姐姐！"

原来是桃花妹妹！

拜托，请你先敲门好吗？我心脏都吓到快停止了。

"不过，姐姐很了不起！现在是周日下午，而且前辈也不在，居然还这么认真修炼。"

脸跟身体都缩小一号的桃花妹妹，穿上印着天使图样的粉红色Ｔ恤，搭配牛仔短裤，那模样不管怎么看，都是活脱脱的小学二年级女生。

不过，她的真实身份，其实是来自魔界的黑魔女。

本名是桃花·布洛撒姆，年龄不详。

在魔界，询问黑魔女年龄似乎是件不敬的事情。不过，因为她在魔女学校时，只比秋琵特小两届，所以一定比我年长。

而且，桃花妹妹还是一级黑

魔女。

尽管如此,她还是称我为"姐姐",起因于我比她还早成为秋琵特的弟子,据说这是黑魔女世界里的常规。

"可是,桃花妹妹你放着'哥哥'不管,没关系吗?"

所谓的"哥哥",就是指大形京同学。

事实上,桃花妹妹是以大形同学妹妹的身份,留在人类世界的。

大形同学跟我一样就读于五年一班,经常对着套在左手的布偶说话,是个非常不可思议的少年。不过,就在不久之前,他其实一直都是拜黑魔女暗御留燃阿为师的黑魔法师。

然而,暗御留燃阿因惧怕大形同学法力过强,便将具有魔力封印功能的布偶放在他的左手上。只是,那布偶却被毫不知情的我给取下,因而解除了大形同学的封印,并掀起轩然大波。

幸好,后来由魔界派遣至人界的桃花妹妹再度将大形同学的魔力封印住,但秋琵特因担心布偶不知何时又会脱落,所以施放黑魔法让大形同学一家人搬到我家隔壁,而桃花妹妹则以大形同学妹妹的身份就近监视……

嗯,来龙去脉就是这样。

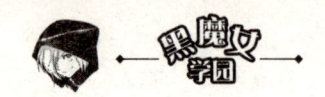

"没关系的,哥哥因为感冒,现在正在睡觉。"

咦?身体不要紧吧?

"嗯,妈妈说,吃了药后,好好休息一天,就会痊愈的。可是,我整天监视着哥哥,觉得有点腻了,想转换一下气氛。所以姐姐,我们去公园玩嘛!"

桃花妹妹那双粉红色眼睛眨呀眨的。

尽管不知道桃花妹妹的实际年龄,但她一扮演起小学二年级生的妹妹角色,连心思都变成只有小学二年级生的程度了。

"嗯,可是,我的'午后修炼'还没结束!"

"别担心,秋琵特前辈又不在。而且前辈一定又在图书馆看狐狸变身的故事书,或是在麻仓家开心地赏玩着芭比娃娃收藏品啦!"

说得也是。既然秋琵特可以玩到乐不思蜀,我又何必乖乖在家认真修炼呢?

好,那我就趁秋琵特不在的期间,暂时喘口气吧!

"可是,去公园要做什么呢?"

"去听动物们的对话,你觉得如何?"

啥?动物?对话?

"咦?姐姐你不知道'猫狗对话打印机'吗?这可是

在黑魔女之间非常火红的黑魔法哦！你太落伍喽！"

桃花妹妹，难道你早就知道这句话会点燃我的怒火吗？

"啊！这必须是一级黑魔女以上的程度才可以使用呀！也难怪只有四级程度的姐姐没听过这种魔法。"

熊熊的怒火本来已经燃烧，这下子更加火冒三丈了。

"使用'猫狗对话打印机'的话，便能听到猫跟狗的对话哦！"

这是黑魔法？怎么有种怪医杜立德或哆啦A梦故事里的温馨感觉？

"是吗？不过，操控动物灵来诅咒，是全魔法界的基本技法哦！所以如果想要跟动物对话，就必须用到这项黑魔法。"

原来如此。一如我所料，根本不是什么正经的话题。

"啊，那边有只猫！要不要去听听看？"

桃花妹妹对我淘气一笑后，忽然举起右手比划着。

"噜叽乌给、噜叽乌给、因特噜噗力特雷！"

哇呜！瞬间射出一道白色光芒。一级果然不一样……

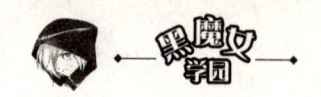

"好慢哦！你迟到了啦！真是气死人！"

"啥？这个怪声怪调到底是谁啊？"

"是那只猫呀！你看，在姐姐家的花圃上，正在用爪子洗脸的白猫。"

骗人！看起来那么有气质的白猫，说话居然那么粗鲁……

"你看，那边有只可爱的黑猫过来了，请竖耳倾听吧！"

我仔细侧耳聆听。

"不好意思、不好意思。我在荞麦面屋旁的老阿公那儿吃饱了才过来的……"

那只黑猫还很小，圆滚滚的眼睛，尾巴笔直竖起，那可爱的模样几乎可登上杂志封面，也常受到附近的邻居称赞呀！

但说话怎会那么粗野呢？就像吃完饭后，用牙签喷喷剔牙的大叔一样……

"你知道那老阿公,喂我吃什么吗?菜粥呢!菜粥!"

"九月还吃菜粥!会不会太不合时宜了点啊!"

"居然会拿菜粥喂猫,不觉得莫名其妙吗?我这是猫舌头,最怕烫啊!等了好久才变凉,所以就迟到啦!"

"很有趣吧?但黑猫也太不知好歹了,既然满肚子牢骚,那就不要吃啊!"

的确很有趣。不过,我还是无法想象它居然是黑魔法。

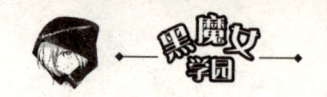

"哎哟！我快受不了了。总之，实在是太粗枝大叶了……"

哇！这次来了一只超级爱发牢骚的猫。是哪里来的流浪猫呢？

"是狗狗哦！姐姐，而且品种好像很高级。"

狗？啊，真的耶！白棕色交杂的迷你小狗……

咦，这不是吉娃娃吗？一只幼犬大概要十五到二十万日元的行情。

不过，吉娃娃是室内犬呀！独自在外面流浪，似乎有点不寻常……

"哎哟！喂喂，那边的小猫们，我想打听一个东西。"

啥？打听一个东西，是指想询问一件事吗？这说法还真老派啊！

"在这附近，有非常擅长照顾狗的人吗？"

"擅……擅长照顾狗?"

突然闯入的老派作风吉娃娃,把这群小猫吓了一大跳。

"是的。要能了解狗的心情、按时供饭、每天更换新鲜的水、根据天气帮狗换装、不忘早晚各遛一次狗等,这是所谓'擅长'的最低条件,有这样的人吗?"

"哇呜!姐姐,好一只以自我为中心的狗啊!"
的确如此。连流浪猫们也都懒得理它……

"呃唔,可是,我们是猫啊!"
"啊!有个叫结实的'动物女王',虽然不是以照顾狗为专长,但个性细心体贴,倒是很受大家推崇呢!"

哇呜!这不就是指五年一班的蓝川结实吗?
她平常走在路上,就常吸引各种动物靠近,因而赢得'动物女王'的封号,想不到她在动物之间居然也那么有名,真是了不起!
话说回来,这项黑魔法还真有趣!

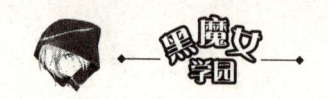

刚才让我气呼呼的事情，也顿时烟消云散了。

"我就说吧？公园里有很多猫咪，一定可以听到更有趣的对话哦！"

"真不错，那赶快去吧！"

就这样，我们立刻往"飞机公园"出发。

我们才一走近，就听到了此起彼落的喧哗声。

"下一个是轮到我啦！"

"啊，不知道会有什么结果，好紧张哦！"

"跟这么好的人当朋友，真棒呢！"

说话方式非常女性化，这应该是母猫们的聚会吧？

"姐姐，你搞错了。我还没施展'猫狗对话打印机'的魔法啊！"

啥？那，这股骚动究竟是怎么回事？我连忙从公园围篱往内窥探……

"不知道结果是不是三条翔喜欢百合！"

"灯子，你想问什么呢？"

"我想问，今晚要准备什么菜，运气才会比较好呢？"

原来在这里办集会的，并不是小猫，而是五年一班的女孩子们……

2 星罗是占卜魔女？

不过，真让人吃惊啊！除了我之外，一班女生全员集合，而且还整齐排着队！

"千代，你要排在我后面啦！很多人都说我像拇指姑娘一样小到看不见，就故意插队。"

啊，里鸣，对不起哦！我的确没留意到她。

可是，她故意举拇指姑娘为例，是想强调自己很可爱吧？

"对了，排队要做什么呢？该不会是要领点心吧？"

"是星罗同学的塔罗占卜哦！"

"星罗同学，是指如月星罗吗？那女孩会占卜？"

"千代，你连这个都不知道吗？真的太落伍喽！"

这句让我火大的话，今天是第二次听到……

这时，桃花妹妹突然眨动着她那粉红色双眸，朝这边跑了过来。

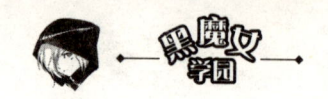

"姐姐，现在轮到小惠占卜哦！"

哇！那我一定要亲眼目睹这占卜究竟是怎么一回事。

"今年冬天，缝上圆形大纽扣的粗针织长外套会是时尚主流，下半身则是紧身迷你裙搭裤袜配靴子！这会让女生的玲珑曲线毕露，我的可爱指数则可提升一百倍……"

小惠，你这只是纯粹在炫耀自己的流行装扮，而不是占卜吧？

"但问题就在包包啊！我在原宿看到了我要的包包，但好犹豫哦！一个是巧克力色的小提包，上面还印着法国斗牛犬 Hippie 的狗头图案。而另一个则是紫粉红的水桶包……"

虽是乏善可陈的内容，星罗同学却一脸认真地点头聆听。

态度落落大方又充满自信，将头发扎成一个小髻，再以珍珠发带绾起的模样，的确非常有占星师的味道。

"那么，来问问塔罗牌吧！"

星罗同学将十二张塔罗牌顺时针排成圆形。

"唔，这个嘛……"

星罗同学那光滑的额头上，突然出现几道皱纹。

"在恋爱、孩子、宠物等象征爱的位置五，出现了'命运之轮'。"

哇啊！是指那张有着一个大车轮，旁边还画着天使与魔鬼的卡片！

"这表示命运即将改变。一般来说是好的意思，这却是在相反的位置。"

相反的位置？

"也就是完全相反。虽然很难说它所代表的含意会整个颠倒过来，但就'命运之轮'来说，十之八九不会是好事。代表你可能会跟某人分离或有人会离开你。"

"天啊，怎么可能！"

小惠的眼泪都快掉下来了。

"不用担心。你问的是包包对吧？等一下哦！"

星罗同学忽然闭上眼睛，皱起眉头，开始低吟。

"唔嗯！唔嗯！"

怎么回事啊……

大家都睁大了眼，认真地看着这一幕。

此时，星罗同学突然睁开了双眼。

"来了！"

啥？谁来了？

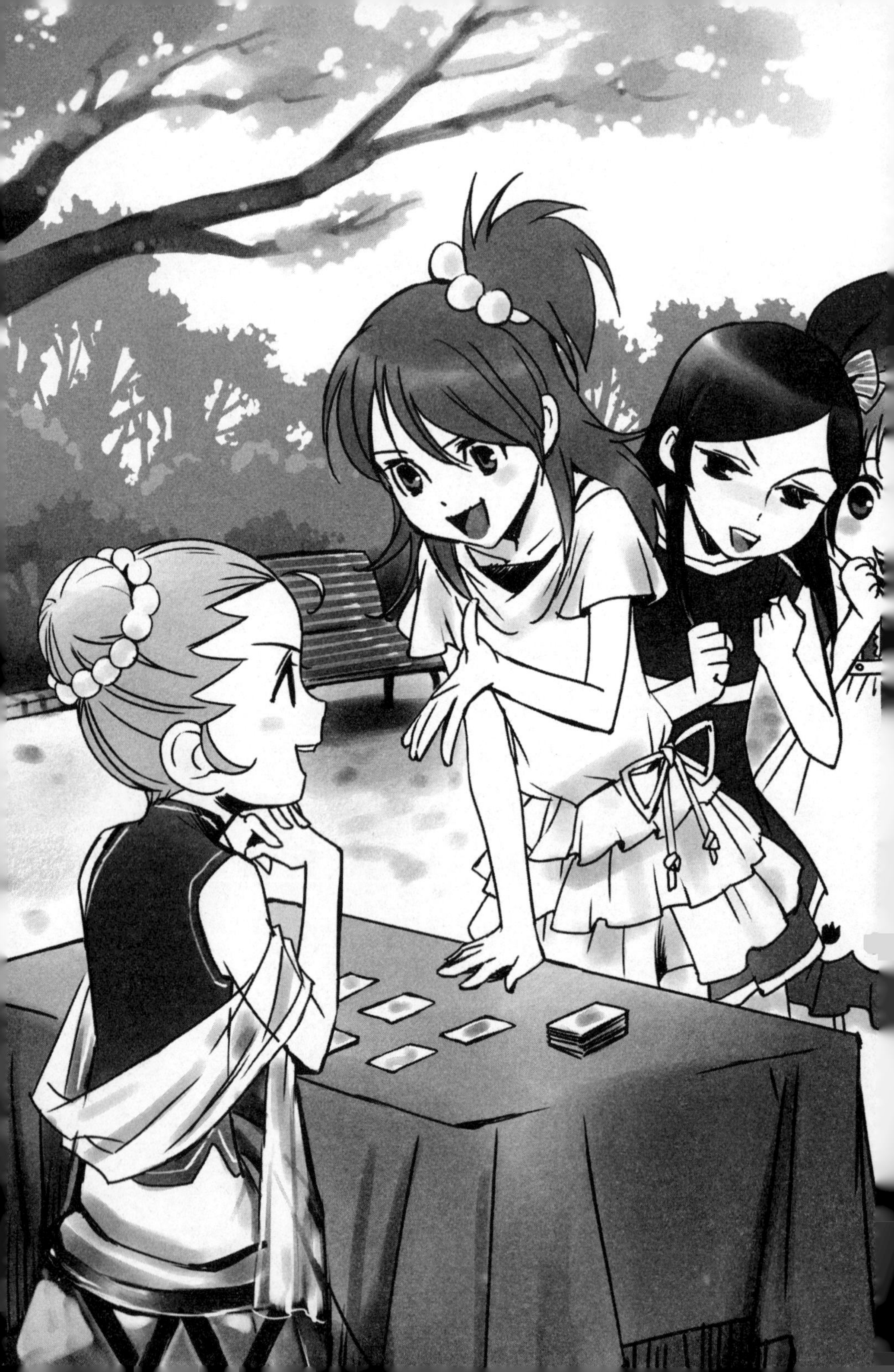

"巧克力色的狗狗图案托特包应该比较好。"

"位于相反位置的'命运之轮',是代表宠物不见了的意思。所以,为了防止这种事情发生,选择狗狗图案的巧克力包包会比较好。"

哇呜!实在是,太会硬掰了吧……

然而,小惠却开心得不得了。

"谢谢你!星罗同学果然是超级占星师!"

围在身边的每个人,包括保持一贯冷静态度的小舞,全都激动地点头。

如果这样就算准的话,那么油嘴滑舌的人全都可以当占星师了。

"哎呀!你是有什么意见吗?黑鸟小姐呀!"

啊,不是的,并没有……只是有个小疑问而已。

"星罗同学,为什么你有时会说出五七五的句子呢?"

"因为我的守护神,是江户时代一位叫做松尾芭蕉的人呀!"

松尾芭蕉……好像在哪儿听过,又好像没听过……

"松尾芭蕉有一天专心凝视着青蛙,突然心生灵感。啊!那只青蛙应该会马上跃入池子里吧?然后,水花飞溅声会立刻响起。于是他就做出以下的占卜内容:'古老

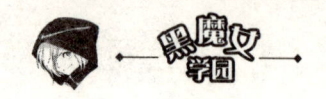

池子啊！青蛙飞跃入池中，扑通水花声。'"

这是那首非常有名的俳句嘛！

"基本上，池边有青蛙的话，一定会跳进池子里，根本不需要占卜啊！"

"不相信的人请移驾到那边去，别多管闲事。"

星罗同学气呼呼地别过脸去。

"下一位占卜者，请过来。"

出现在小惠后面的，是小舞。

哦！小舞究竟会问什么问题呢？就某层意义来说，我可是非常好奇的。

"身为班上干部的我，想请你占卜五年一班从明天开始的一周运势。"

天啊！不论在何时何地都永远保持优等生的一贯姿态。

"我知道了，那就用占星术来占卜吧！"

星罗同学拿出了一本超厚的书，啪啦啪啦翻到某一页，然后在上面写字。接下来，居然拿尺出来画线……

"她画的是'天宫图'哦！"

桃花妹妹小声地跟我说。

"天宫图？"

"就是星座的配置图。星座的配置会因占卜对象及内容而有不同。所以,占星术是从制作天宫图而开始的。"

唔嗯!这部分她倒是做得有模有样,不过,重点是内容要让人能够信服。

"我看到了!"

星罗同学突然瞪大眼睛,注视着小舞。

"女子大学生,预计现身于土星,搞得一团乱。"

一头雾水……她所说的话,我一句都听不懂。

"我们回家吧!桃花妹妹。"

越听越觉得自己被当成笨蛋给耍了。我可是每天过着被黑魔女纠缠的生活!没空跟着你们瞎搅和,被那种骗人占卜耍得团团转啦!

"这样的话,姐姐,你就来我们家吧!有人送了大形妈妈一个土星蛋糕,就是外表像土星形状的巧克力蛋糕哦!"

"真的呀!是樱田杏家'枫叶魅力'的蛋糕吗?"

"不,好像是隔壁镇上叫做'精灵仙子'的蛋糕店,听说好吃程度跟'枫叶魅力'不相上下……"

我们兴致高昂地讨论着蛋糕话题,正要走出"飞机公园",就在这时——

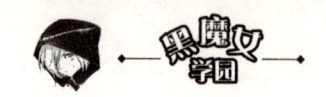

嘎沙嘎沙。

本以为是樱花树的枝干晃动声，却不料是个黑色物体掉了下来。

哇啊啊！什么嘛！大白天的居然有巨大的蝙蝠出现？

"你们这两个只会趁机偷懒的恶劣黑魔女！"

怒骂声里还夹杂着从背后传来的用力跺脚声。

我猛然一回头，只见黑色身影矗立着。黑色皮革的斗篷帽中，露出了满头银发及白皙净透的美丽小脸蛋，还有闪闪发光的黄色眼睛。

"秋琵特老师！"

"秋琵特前辈！"

"吓了一跳吧？魔女从天空另一端飞过来的'老段子'，早就落伍了。也有这种像忍者般慢慢降落的招式哦！"

我怎么觉得，这里也有个老爱胡言乱语的怪人啊……

"不过，你们还真放肆啊！"

秋琵特突然在我和桃花妹妹的周围不停踱步。

"万圣节快到了，山上常有鬼婆婆出没，身为魔女指导员的我担心会有突发状况，只好亲自出马巡逻，但弟子们都在干嘛？居然趁我不在，放肆地大玩特玩！"

这时，秋琵特忽然停下脚步。

"根本就是跟阎王的狗一起洗衣服嘛！"

啥？阎王的狗？跟狗洗衣服？

"你想讲的，应该是'阎王不在家，小鬼开心洗衣服吧？'应该没有人会跟狗一起洗衣服吧……"

我一说完，秋琵特那白皙的脸蛋立刻变得红彤彤的。

"你这丫头！明明就是偷懒成性，还胆敢嘲笑我，不想活了啊？"

看到我被秋琵特责备的模样，桃花妹妹赶紧出来解围。

"是我不好。姐姐一直都很认真地在修炼，我却硬拉她出来玩。所以，请不要责备她……"

桃花妹妹！不要一个人担起所有责任啦……

"既然知错，那就少啰唆，快点回去监视大形！"

"好……好的……对不起……"

桃花妹妹泫然欲泣地回去了。那垂头丧气的背影，看起来好可怜。

"言归正传，千代……"

什么嘛！突然正儿八经的。

"就在你沉溺于玩乐的期间，听说有个邪恶的黑魔女混进你们班上了。"

"邪恶的黑魔女？请问，有所谓善良的黑魔女吗？"

"吵死了！你就是爱这样抓人语病，才会让名叫如月星罗的黑魔女为所欲为，却完全没发现！"

"如月星罗？是指坐在那里占卜的那位、五年一班的星罗同学吗？"

"不然还有其他的星罗吗？那个女的，说什么可以预知未来，根本是在欺骗人类嘛！而且还全身飘散着黑魔女的味道。"

星罗同学纯粹是个占卜迷。而所谓的占卜，十之八九都不准的啦！

"哎哟！区区一个偷懒不修炼的家伙，居然这么自信啊！"

呃……那种说法让人很不高兴！

"既然如此，那就去监视她啊！去调查她是否真有预知未来的能力。"

我知道了，我这就去调查清楚。

3 胡乱教课让人头昏眼花

"黑鸟,我跟你说占卜的结果哦!"

周一的早晨,当我踏进教室后,东海寺同学便突然靠了过来。

天啊!连东海寺也迷上占星游戏了吗?

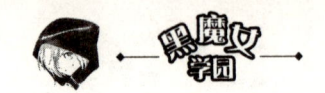

真是的!荒谬至极!全都是些不切实际的话!未来的事情,难道是如此简单就能预测到的吗?

"很准哦!星罗同学的占星,真的很准哦!"

啥……这次换成结实啦……

"听我说!昨天我问了:'这次会有什么动物来接近我呢?'星罗同学就说:'从东方来咖啡毛色小狗狗不停汪汪叫。'结果,我一回到家,真的有一只咖啡色的吉娃娃!"

咦?咖啡色的吉娃娃?该不会是昨天在我家花圃的那只吧?

我家位于结实家的东方。

那只吉娃娃,八成是在那些小猫咪的建议下,才去结实家的……

难道,这样就代表星罗同学的占卜很准?

不不不,只有一两次准的话还不够,说不定是被她瞎猜蒙中的呀……

不过,结实那段话,立刻在女生之间引起大骚动。

"拜托,今天也帮我占卜一下嘛!"

"我也要!我好犹豫,不知道现在该不该告白。"

"请帮我算一下,我的钢琴发表会能否一切顺利。"

女生们全都一窝蜂地涌到星罗同学的座位旁，而坐在正中间的她，则露出扬扬得意的笑容。

"喂！各位同学，晨课的钟声已经响了！"

啊，松冈老师！咦？钟声是什么时候响的？

啪哒啪哒的脚步声此起彼落，大家赶紧回到自己的座位上。

"起……起立……"

最慌张的，莫过于小舞。因为让大家在钟响时都能坐定位，是她人生中最大的目标。而现在她居然自己破坏这个目标，也难怪她会神色不安。

"不要紧的，钟响前坐定位只是小事，不用太在意，尤其是早上上课前。"

啥？如果连老师都这么说的话，那就没有人会遵守喽！

"没关系的。以后就让我们每天早上都开开心心地坐好唷！"

老师今天是怎么了？自顾自拼命傻笑，心情好到让人觉得反感！

"各位！我来介绍五年一班的教育实习老师！那么，请进来吧！"

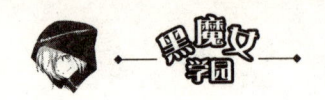

前门嘎啦嘎啦地被打开后，一位年轻女子迅速走了进来。

接着，在讲桌前站定位后，她以那如花朵绽放般的笑容，环顾整个教室。

哇！大家都惊讶到呆住了。

因为，她长得实在是太迷人了。完美的鹅蛋脸，明亮柔和的眼神，光泽水润的嘴唇，微卷的中长发发尾稍微往外翘，给人活泼开朗的感觉。

身材也是超棒，那被粉红色Ｔ恤及白色紧身运动外套包裹着的身体，不但修长高挑，还有个窈窕的小蛮腰。

松冈老师那眼神，就像是看到猎物般专注，显然是被电到了。

"呵呵！呵呵呵呵！"

色胚王牌！横纲！请停止这种低级下流的笑声。

"我是清井萤，今年二十一岁。立志成为小学老师，目前正努力研修中。今天开始的一周内，都要跟大家一起度过，我非常期待，也请多多指教。"

当清井老师低头致意时，全场男生立刻报以如雷的掌声。

"老师，您最喜欢吃什么？""有没有男朋友？""最擅长的科目是什么?"

哇呜!以往在课堂中从未举过手的男生,居然不断地举手发问。

"我最喜欢吃的是蛋糕!听说隔壁镇上'精灵仙子'的蛋糕店很好吃,我就马上去买来吃了。然后,我目前没有男朋友。"

这时,松冈老师跟男同学们,立刻又报以欢呼声和掌声。

"最擅长的科目是理科,因为大学的主修是地球物理学。"

咦?地球物理学?这下子惨了,以"地"开始的句子是禁忌啊!

"老师!"

天啊!是色胚王牌。按照惯例一定又要开低级玩笑了。例如"嗯,滴出血来了"之类的。

"地球,是行星对吧?"

啥?这次不依循往例说低级笑话了吗?

"你好了解哦!没错,它是行星。"

"那木星也是喽?"

"是的,没错。"

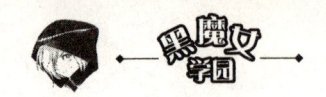

"那么,请把'行星'念两次,'木星'也连续念两次。"

可恶!色胚王牌一定在打什么坏主意。横纲也在一旁笑得很暧昧……

"我要念喽!行星行星,木星木星!"

唉……真是让人无力啊……

老师你懂了吗?把汉字改一下就变成了……

"行星形腥,木星墓腥。"

真是无聊至极!会觉得这种低俗的大叔冷笑话很好笑的,在人界只有男生,而在魔界则只有秋琵特。

正当我气愤不平时,清井老师却用力拍手,非常开心的样子。

"哇啊!太好笑了!我超喜欢这种冷笑话的。对了,不只是课堂上,在休息时间或下课后,大家也都要尽情聊天哦!"

男同学们纷纷欢呼大叫,并比出胜利姿势。顺带一提,松冈老师也比出胜利"V"手势。

啊啊!为什么每个男生都这么愚蠢肤浅呢?

只要看到漂亮一点的女生,就开始晕头转向。

咦?晕头转向?啊……

关于昨天的占卜内容，小舞希望能够预知五年一班的本周运势，那时星罗同学是这么说的。

"美丽维纳斯，男生一个接一个，都晕头转向。"

维纳斯是代表美的女神，也就是指清井老师。

换句话说，星罗同学的占卜又灵验了？

女生们看了星罗同学一眼后，不禁面面相觑，大家心里想的肯定是同一件事。

不不不，这可关系到要呈报给秋琵特的消息呀！

一旦草率下了结论，星罗同学可就真的变成黑魔女了。

况且，星罗同学所占卜出的结果，还有另一个啊！

"女子大学生，预计现身于土星，搞得一团乱。"

清井老师的确是大学生没错，但"预计现身于土星"及"搞得一团乱"，究竟是什么意思呢？

因此，我决定要比以往更仔细观察星罗同学及清井老师的举动。

然后到了第二天。五年一班的男同学们，完全陷入"被清井老师迷得晕头转向的模式"……

松冈老师将所有的课程全权交给清井老师，自己则守在窗边的位置，沉醉地看着清井老师。因此，每堂课

教育实习生
清井萤

几乎都乱到不行，清井老师不但忘东忘西，还错误百出，一点都不可靠，但男生们都以老师太可爱为由，全都不予计较。举例来说：

"长八米，宽九米的长方形面积为多少？八乘以九是……八九七十五？"

"没关系、没关系。正确答案是八九七十二，但因为你太可爱了，就多送你三啦！"

一说到这个，就让我想到另一件事：

"'梨用'下列三个数字，算出三者的'嘴'大公因数。"

"好可爱哦！其实应该是'利用'下列三个数字，算出三者的'最大'公因数才对。可是，因为你太可爱了，今天就以'梨用'跟'嘴'为正确念法吧！"

当然，这种情况让女同学们相当反感。

或许清井老师已察觉到这点，今天午休，当星罗同学坐在位子上帮大家占星而使周围洋溢着热闹气氛时，她便刻意靠了过来。

"听说星罗同学的占卜很准啊？可以帮老师算一下恋爱运吗？"

可是，大家却立刻沉默不语。纷纷低下头且偷瞄着

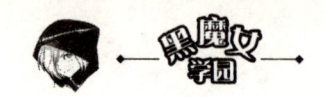

彼此，刻意营造出她们惯用的漠视气氛。

这显然是小舞跟百合所下的指示。因为她们两人对于清井老师的超烂上课内容都忍无可忍，早就想借机欺负一下这位实习老师。

不过，在此非常时刻，居然有个超级状况外且超级自我的人！

"老师根本不需要占卜啊！像老师那么甜美的人，只要穿上 Von Dutch 的 T 恤，男生就全都黏过来了啦！"

小惠居然自动伸出友谊的手！真不知她是察觉不出气氛有异，还是耍白痴。

"不会吧？小惠，你知道这件 T 恤的牌子啊？太厉害了！"

"当然知道啊！麦当娜、碧昂丝、希尔顿姐妹跟滨崎步都是这个牌子的拥护者！怎么可能不知道呀！"

"可是，这个名牌也有不管用的时候，因为人家在来这里实习前，才刚被甩呢！"

清井老师完全忘了自己的立场，连说话方式也一副年轻女孩的样子，看到这一幕，就连星罗同学也不禁扑哧笑了出来。

"老师，你好可怜哦！我就帮你算一下恋爱运吧！请告诉我出生年月日。"

听到这句话，大家也不禁大喊："真的假的！好期待哦！"

清井老师首度进攻女生地盘，彻底成功！

反倒是小舞跟百合，似乎被排挤在外了。

不过，欺负实习老师本来就不对，这样的结局倒也不错。

"七月二十二日啊！那我来画天宫图，请稍等一下。"

一阵沙沙的摩擦声后，星罗同学抽出了一张纸。

"清井老师，生日七月二十二日，是巨蟹座！"

"没错。我就是待人亲切，想跟人家都成为好朋友的巨蟹座。"

老师的耍宝说笑，逗得小惠等人忍不住哈哈大笑。

而在这片笑声背后，却隐约传来小舞的声音。

"是一旦被逼到走投无路，就会以令人匪夷所思的借口，转而攻击周遭的巨蟹座呀！"

好可怕……小舞跟百合的愤怒指数高达百分之百。

听不出言外之意的小惠跟其他人，完全沉浸在欢乐气氛当中。

这时，正好传来星罗同学"算出来了"的声音。

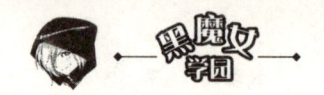

"哦，算出来啦？那帮我占卜看看吧！"

清井老师就像小学生般，发出激动高亢的声音。

"哎呀，星星的位置不太好！老师，你今年没希望谈恋爱哦！"

"咦？为什么呢？"

"因为土星今年正好来到巨蟹座，明年才会离开，男友要到那时才会出现。"

"……土星啊！"

咦？清井老师的声音，好像低沉到有点恐怖！

我感觉到一股不寻常，因而紧紧盯着清井老师的表情。

叮——咚——当——咚！

"好，午休结束！大家赶快回到座位坐好。"

清井老师又恢复原本甜美的笑容。

嗯，的确是怪怪的。似乎是跟那句"女子大学生，预计现身于土星，搞得一团乱"有关，又好像不相关……

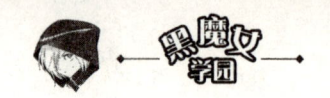

4 史上最恐怖的小惠妈妈登场

"喂喂喂,那是谁啊!全身珠光宝气的!"

隔天,当我在进行"午后修炼"时,秋琵特啪啦啪啦地挥动着斗篷,慌慌张张地爬上楼梯。

嘿嘿!八成是看到一楼的妈妈们了。你问的那位,是小惠的妈妈。

"哇!就是她啊!比想象中还要夸张!简直就是会走的'德川宝藏'。"

连这种事都知道,挺厉害的嘛……

话说回来,小惠妈妈的确是花俏无比。身上穿的是亮晶晶材质的紧身迷你裙,而胸前所点缀的项链,以及耳朵上闪闪发光的耳环,全都是出自施华洛世奇水晶的精品。

"不过,还真是个美人啊!听说以前是电视台主播。"

"哼!那种姿色顶多只能偶尔上上电视啦!反正不会

是我的对手啦！"

请问，你为什么要把她视为竞争对手呢？

"那，她来这里做什么呢？"

啊，说到这个啊，发生了一件很可怕的事情唷！

清井老师的事情，似乎在家长间引起了不小的风波。

上课时乱教一通，午休时间净跟学生谈论"恋爱绝招"，而且大声喧哗。家长们一致认为，清井老师的言行举止实在无法为人师表。

我想，这些耳语应该是出自小舞妈妈及百合妈妈吧！

"而且，明天刚好有教学观摩，所以她们说，想来找大形妈妈和我家妈妈讨论一下。"

"嗯……"

秋琵特陷入了沉思。不一会儿，她从外套里掏出样东西。

"这个，戴上吧！"

那是块充满浓浓日式风情的旧布，很像是地震时戴在头上的"防震头巾"。

"这是'侧耳倾听头巾'，只要戴上它，楼下的谈话内容就全都听得见。"

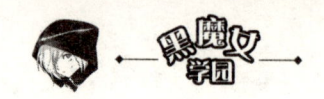

侧耳倾听头巾？感觉好像是出现在《日本民间故事》里的老东西啊！

"哦，你听过啊？其实它原本叫做'地狱耳魔法'，听起来很可怕吧？"

一点也不。因为日本人本来就用"地狱耳"来形容消息灵通、善于打探情报的人啊！

"是……是这样的吗？总之，这项魔法的咒语是'噜叽乌给、噜叽乌给、耶斯库查雷'。即使不在现场，只要唱诵咒语就能听到其他人所说的话。"

原来是偷听他人对话内容的魔法呀！

不过，要是念咒施法就有效的话，那就不需要头巾了，不是吗？

"那样缺乏临场感啦！前阵子我在图书馆内，找到了一本书名叫《侧耳倾听头巾》的绘本，内容实在是太有趣了，于是我就试着把它裁制出来了。"

"唔……那个，我早就知道秋琵特你非常擅长女红……"

"废话少说，快戴上！难道你不想听妈妈们的谈话吗？"

呃……我的确是很想听。

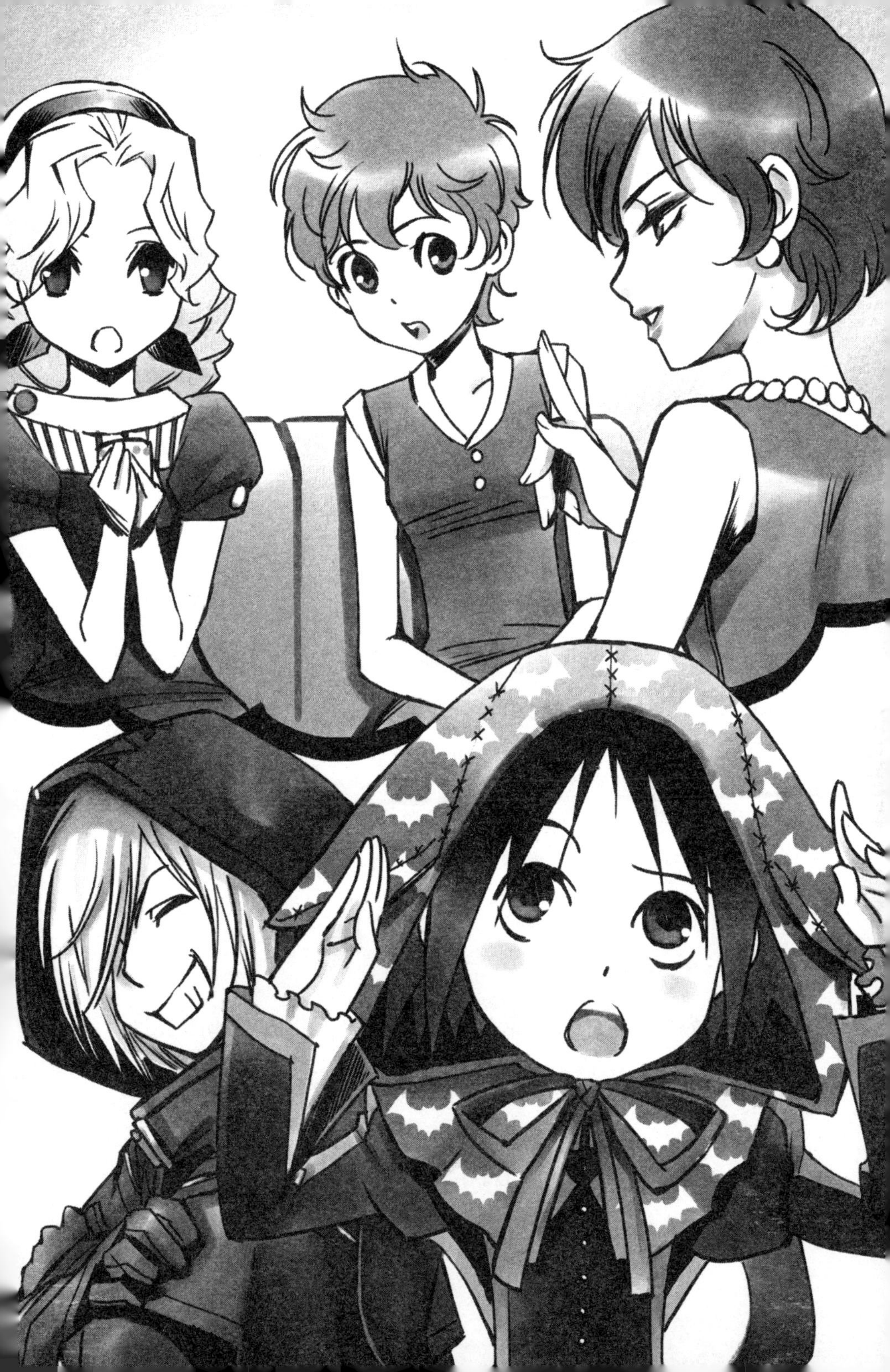

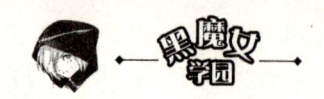

谈话内容如何倒是其次，但偷听这件事本身充满了吸引力。越是觉得不可为的事情，就让人越想去做，真是不可思议呀！

哦，听到了、听到了！而且清楚得就像同处在一个房间内。

"……因此，听说一路妈妈跟春野妈妈要联手向清井老师施压呢！"

"施压？"

"以穿着来一较高下啦！她们会先在出席教学观摩时盛装打扮，借以警告她：像你这种黄毛丫头，跟我们没得比！而且还打算在随后举办的'亲子聚餐会'，彻底给她好看！"

哎呀呀！果然是想了不少狠招。

"因此我就想，输人不输阵，所以才想来邀请两位一起参加。"

"呃……"

我光是从这段谈话便能轻易想象，我家妈妈跟大形同学妈妈，肯定是在互看一眼之后，露出相当困扰的神情。

"那么，要穿什么服装呢？"

"说到这个啊!"小惠妈妈的语调突然变得很亢奋。

"既然是学校场合,我想高雅的范思哲 Donna 系列应该最适合。虽然这系列是以褐色为基调,风格较为低调沉稳,但大胆的绘画图腾却非常别致。假如再搭配今年的热门款式——超短迷你裙的话……"

出现了!超级花俏女小惠的超超超花俏妈妈!

开口闭口都是米兰的"3G"品牌,还说奢华的范思哲也有平日穿着的"普通款"等,冒出好多让人听不懂的名词。

"可……可是,价钱应该高得吓人吧?"

做出如此不争气发言的,是我家妈妈。

这也没办法啊!因为我那好不容易才刚升上课长的爸爸,需要负担我的教育费和房贷,根本买不起名牌服饰呀!

"这个嘛,上衣加裙子,三十万日元多一点。"

我家妈妈和大形妈妈,瞬间变得像化石般僵硬。

"啊!不然,只要掌握一个特色就好,那样就会变得非常与众不同哦!"

小惠妈妈又继续怂恿着。

"比方说,Emilio Pucci 的服饰也很不错啊!这位设计师是以色彩鲜明的印花为特色，还被称为'印染界的王子'哦！它的裙子的确很贵，但如果是长T恤的话，今年秋冬款只要七万日元左右哦！"

变成化石的妈妈，似乎惊吓到开始出现裂痕了。

"大形妈妈只需要在包包上加点饰品就行了。Etro 的包包，就有非常典雅时尚的款式哦！而且只要十万日元就买得到。"

"我……我再考虑看看呢！"

咦？大形妈妈已经穿越化石境界，变身成大形同学了吗？

"总之，服装方面就交给你们两位了。然后，另一个想找你们讨论的，是之后的'亲子聚餐会'。"

哇！还有其他企图啊？可见得清井老师的评价真的非常糟。

不过，谁叫她让小舞跟百合那么难堪呢？就算毫不知情，也不该与班上最厉害的角色为敌呀！

"我想请清井老师接受测验。"

"接受测验？"

"虽然只有短短一周，但如果让这位女大学生继续错误百出的授课，身为家长可是会头痛的。因此我决定出题目考她，让她体会到自己是多么缺乏知识。"

"好……好的。那，你要出什么样的题目呢？"

面对两位不知所措的妈妈，小惠妈妈清了清嗓子说道：

"第一题，DC 是什么的简称？第二题，请说出涉谷 Casual（1980 年后期至 1990 年的青少年流行造型）的三种必备款。第三题，Only shop 的相反词是什么？"

好难哦……这些，应该都是流行用语吧？

"唔……"

"秋琵特老师，不需要绞尽脑汁想啦！这些题目跟上课内容完全不相干。"

"不是啦！我是在想，帮妈妈们加油的方法啦！"

啥？帮妈妈们加油？

"没错。我总觉得，那个叫清井萤的女人非常可疑。如果不设法阻止的话，只怕五年一班会被她搞得一团糟。"

天啊！你这是从哪儿听来的消息呢？

"如月星罗不是占卜到了吗？她不是说，那女人会害大家乱成一团，会把男生迷得七荤八素。"

呃，关于这件事还在调查中，不能因此断言她的占

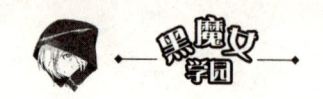

卜结果绝对正确哦！

"'美丽维纳斯，男生一个接一个，都晕头转向'这段话，的确是不能说它不准，但'女子大学生，预计现身于土星，搞得一团糟'，就有待商榷了。尤其是'预计现身于土星'这部分，实在是让人搞不懂啊！"

我拼命解释着。假如毫无根据就硬把星罗当作黑魔女，那她未免太可怜了。

我一说完，秋琵特却哼哼冷笑了两声。

"关于土星的部分，我也还在调查。不过，那丫头的占星可是百发百中哦！"

"为……为什么呢？"

"因为我对那个叫星罗的女孩，施了黑魔法呀！"

"什么！秋琵特对她施放黑魔法？这……这是为什么呢？"

"为了惩罚她呀！我要让她哭着说：'从今以后再也不占卜了！'"

啥？真是难以理解。星罗同学是因为占卜结果神准无比，才会受到众人的尊敬。但这根本就无法成为惩罚的理由呀！

"你还不懂吗？她目前的确是超受欢迎的，不过，接下来只怕大家都会争先恐后来排队哦！不只是你们班，整个学校，甚至整个镇的人都会逼她：'帮我占卜吧！'这样一来，她将渐渐心生恐惧，独自承受'万一不准怎么办'的压力，甚至连晚上都会失眠啊！"

那样就太可怜了。

"为什么要如此惩罚星罗同学呢？她只是把占星当兴趣而已啊！"

"占星是不可以随便玩的！假如只是兴趣，的确会有偶尔猜中的时候，但如果因此得意忘形，不努力做研究和修炼，却持续占卜的话，你想会怎么样呢？"

"会怎么样呢？"

"会变得一切都依赖占卜啊！比方有人问：'我想去海边，但台风好像快来了。'却被告知：'占卜的结果是，放心去吧！'谁知一到海边，刚好就遇到台风来袭！一旦演变成这种情况，可就人命攸关了。"

原来如此。秋琵特偶尔也会说出像样的人话嘛……

"等一下。那你为什么要我监视星罗同学呢？"

"是为了测试你呀！"

什么？

"测试你在发现可疑人物时，能否迅速并确实的进行

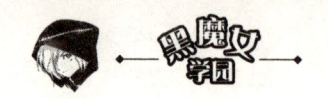

'Gazing（监视）'呀！"

Gazing？啊，我懂了……

就像不良少年在开枪之前必定会紧盯着对方看一样，唯有近距离监视，才能了解对方是否为魔界住民，以及魔力到达何种程度。

我竟然把它忘得一干二净。这表示，我没资格参加检定考试吧！

"不过，又是这种无预警的抽考，秋琵特老师，你真的很坏！"

"话是没错啦！但我是因为担心哪天恶魔情又突然出现，对你说：'那我要出题了！'然后黑魔女三级检定考试就那么开始了呀！"

恶魔情！哇啊，好怀念哦！

话说回来，当初的黑魔女四级检定考试，就是在校外教学途中，从巴士的电视里突然迸出个名叫恶魔情的信息员而开始的。

"尽管有过那样的经验，但你身为黑魔女的自觉及危机感，到现在还是不够！因此，明天的教学观摩，罚你跟我一起驱魔！"

真的假的！是要对谁驱魔？

"还是听不懂吗？你这个傻蛋黑魔女！"

"傻蛋？现在的年轻人，已经不用这种老掉牙的语词了哦！"

"吵死了！闭嘴听我讲！"

是是是。

"因为我所施展的黑魔法而拥有预知能力的星罗，恰巧占卜出清井萤所带来的怪现象。后来也证实，男孩子们的确被迷得晕头转向，而全班也被搞得乱七八糟。但这一切，并非清井萤造成的。"

"那么是谁造成的呢？"

"是藏身于清井萤体内的恶魔所造成的。"

"藏身于体内？恶魔？会不会太白痴了点？"

"白痴的是你！在《对话集》这本旧书中，就记录着真实的例子呀！"

很久以前，有个修女在修道院的庭园里，吃了莴苣叶，同时也将藏在叶片后面的恶魔给吞下肚，因而引起大骚动，后来进行了驱魔仪式后，才将恶魔赶出体内……

"所以说，清井老师把恶魔给吞进肚子里喽？"

"而且被她吞进肚里的，肯定是个非常不会读书的恶

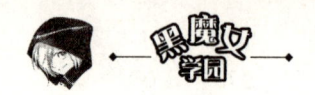

魔，才会害她在上课时错误百出啊！"

"不过，她究竟是在哪里吞进恶魔的呢？"

"这正是我今后要调查的重点，嗯，我大致猜想到了哦！"

秋琶特说完后，忽然用那黄色眼睛瞪着我。

"你去张罗驱魔的材料，小狗一只，快去找来。"

"小狗？为……为什么需要小狗呢？"

"因为恶魔很怕听到野兽或畜生的吠叫声啊！其实狮子或老虎也可以，但在这普通的住宅区内，那些动物太危险了吧！"

"话是没错啦！但为什么是小狗呢？拉布拉多或牧羊犬这类的大型犬不行吗？"

"笨蛋！因为我会怕呀！总之，去给我找小狗来，而且越小只越好。"

跟这个黑魔女说话，真的让人很没劲，唉……

5 从体内跑出坏东西来

啊啊！心情好沉重……

不是因为观摩教学，也不是因为驱魔。

而是因为这身哥特萝莉服。

"没穿哥特萝莉服的话，要怎么驱魔啊！如果你在搭飞机时，发现驾驶员身上穿的是紧身毛衣，空服员身上穿的是吊带工作服，你会怎么想？你一定会想：没问题吧？这飞机令人好不放心哦！这和要你穿哥特萝莉服的道理是一样的。"

被秋琵特这样说却无法反驳，感觉好难过哦！

相较之下，她秋琵特可轻松多了。

因为她只需要附身在我妈妈体

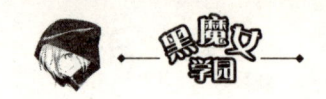

内，来学校参加教学观摩呀！

"我这样做是为了让潜藏在清井萤体内的恶魔分心啊！更何况，为了要附身在妈妈体内而施展的'凭依魔法'非常难！那是一种难度超高的黑魔法，在我们同期毕业的黑魔女之中，只有我和暗御留燃阿学会了。"

自以为了不起地说了一大串，结果，我还不是得穿哥特萝莉服来上学……

"黑鸟，你为什么穿成那样啊？"

看吧！我一进教室就被小舞瞪了。

"今天有才艺表演会之类的活动吗？"

百合，你这句话很伤人！

"因为今天有教学观摩，千代才特别盛装打扮，对吧？"

啊，小惠！这种时候就只有花俏的你最值得信赖了。

不过话说回来，她身上那件无袖超级迷你的粉红连身裙，实在太劲爆了。

就在我和小惠宛如特殊人类般受到众人瞩目的情况下，老师开始上课了，然后，第三节和第四节的教学观摩时间转眼到来。

前来参加的家长比想象中还要多。

而且，从每一位家长的穿着打扮都嗅得出他家小孩的特色。

小舞妈妈穿的是连身裙式的白色套装，裙子的长度及膝，珍珠项链也价值不菲，但样式却稍嫌朴素。头发向后绾起配上无框眼镜，凸显出美丽的冷酷气质。

百合妈妈也是一眼就能认出来。洋溢着少女情怀的一字领连身裙，头上别着糖果盘造型的发夹，和女儿一样都走可爱做作女的路线。

啊，有的同学是由父亲出席！有一个理着平头的壮硕男士，身穿日本传统的白色厨师服，头绑圆点图案的麻花布巾。难道是横纲爸爸？看起来好亲切哦！

可是，总觉得眼神安静不下来！啊！放眼望去，映入眼帘的是小惠妈妈的迷你裙。

嗯，果然是有其母必有其女，无论哪个家庭都一样。

话说回来，我家妈妈，也就是变身的秋琵特，在哪儿呢……

"哎呀！一路妈妈，我家女儿承蒙您的照顾了。"

怎么可能……

那身材样貌的确是我妈妈，但身上的服装却是……哥特萝莉服！

连身裙的颜色虽然是黑色，胸前却打着一个特大蝴

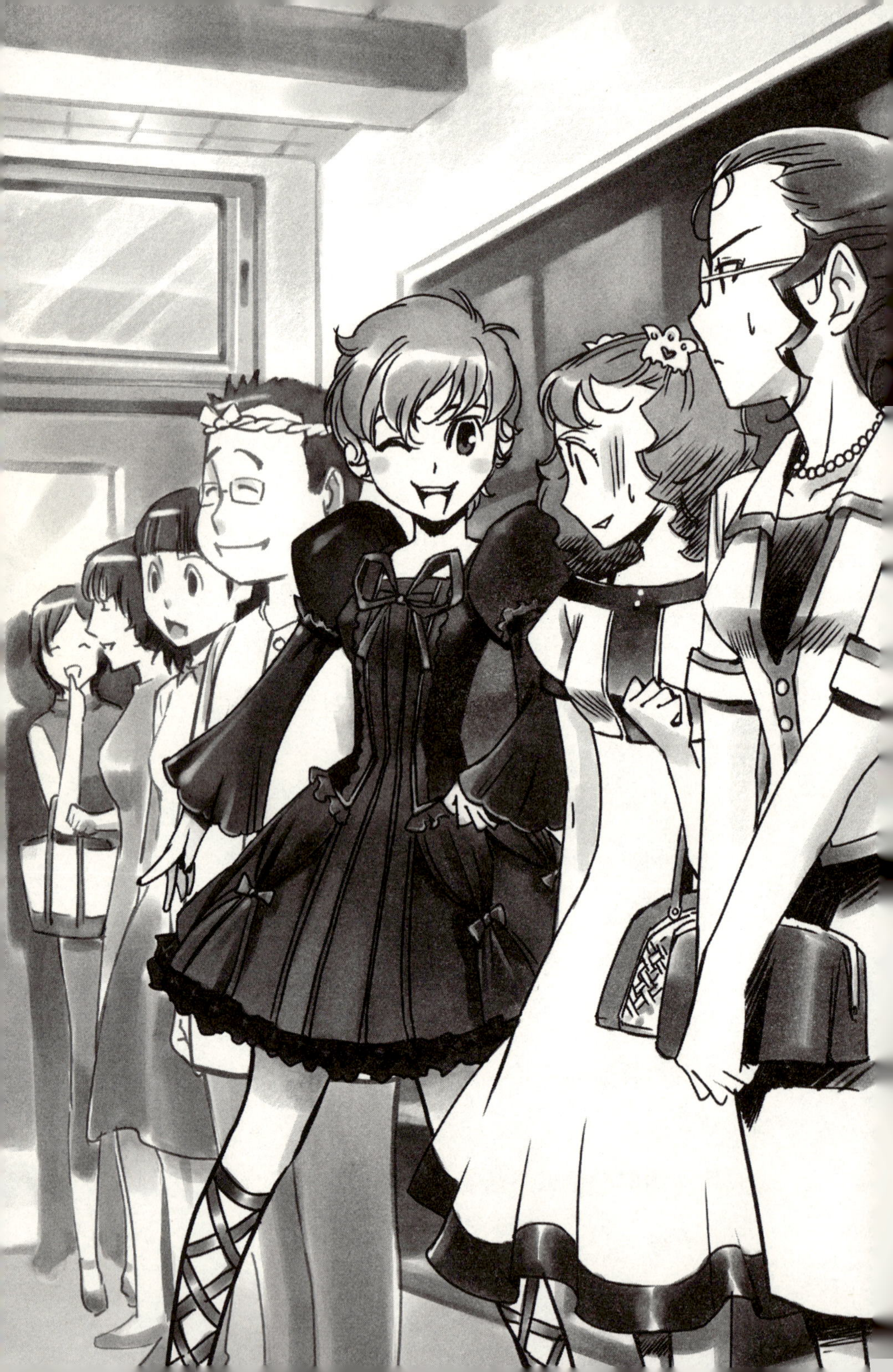

蝶结。长袖部分是透明薄纱，像盛开花朵般的蓬蓬裙滚着蕾丝边，而且长度居然比小惠穿的还要短！

"这套连身裙是以魔界的城门为意象缝制而成的，而且城门内就是黑魔法所形成的魔宫哦！"

啊啊！大家一定会以为黑鸟家的妈妈和女儿都是一个样啦！

"四方形的领口、公主袖，而且裙摆不是还镶着黑色蕾丝吗？这样就构成倒十字的图案啦！很有黑魔女的味道吧？"

真是的，就算事后会对妈妈们施放"遗忘魔法"，但还是做得太过火了啦！

各位，这个人不是我妈妈呀！她是魔界第一不良少女，把死灵整得号啕大哭，秉性超恶劣的黑魔女秋琵特！

就算我这么说，大概也没人相信吧！唉……

叮——咚——当——咚——

上课铃声响起，第三堂课正式开始。观摩教学的第一个科目是社会。

负责授课的，当然是清井老师。松冈老师则是一如往常坐在靠窗的位子上，欣赏着清井老师的可爱模样。

家长们全都站起来，他却坐在那里，真不知该说他是自然不造作还是厚脸皮。

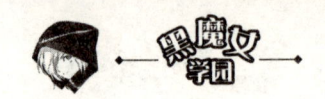

"由于今天是教学观摩日，所以课程也是特别规划，取名为'放眼世界'。"

"好啊！拭目以待啊！"

吧噗吧噗吧噗吧噗！

哇！色胚王牌他们的手上，为什么会有喇叭之类的东西呢？

连松冈老师也在鼓掌。瞧，后面的家长们全都吓了一跳呀！

呜哇！小舞妈妈那双眼睛，早就往上斜吊七十度。

"好，那我来问大家！知道亚洲的首都是哪里的人，请举手！"

亚洲的首都？亚洲不是一个国家吧？

它应该是一个地区吧！包含日本、韩国、中国……

"奇怪？没有人知道吗？"

不是啦！是问题本身不对，所以没人知道该如何回答……

"那么，我来公布答案。是北京！"

"错。北京是中国的首都。"

坐在教室最后面的玛莉亚·桑邱丽大声说道。

玛莉亚的母亲是英国人，父亲是中国人，所以她的答案绝对不会错。

可是,男生们却对玛莉亚视若无睹。

"原来如此。北京是亚洲的首都啊!"

喂,你们这些男生!松冈老师,你好歹说一下话嘛!

"正确来说,北京应该是亚洲国家中国的首都。不过,老师实在太可爱了,所以没关系!"

很有关系咧!你看,小舞妈妈气得整个脸红通通的。

"一路妈妈,忍耐一下,忍耐一下。"

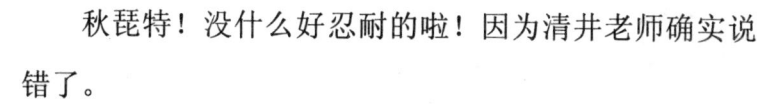

秋琵特!没什么好忍耐的啦!因为清井老师确实说错了。

"接下来,从日本往南飞到澳洲,会通过'赤道'。地球在此分为两半,赤道以北叫做北半球,赤道以南叫做南半球。"

哦!这次正经多了。

"老师虽然没有去过,不过听说只要有飞机或船只通过这里,天空上就会浮现红色的线条,所以才被称为赤道哦!"

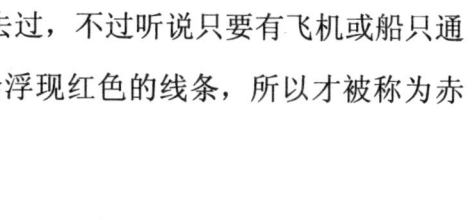

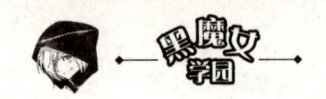

咦？怎么可能有这种说法……

"我去过澳洲，可是，没看过红色的线条！"

玛莉亚再度大声反驳。尽管如此，清井老师还是脸不红气不喘。

"玛莉亚同学，你是睡着了吗？还是视线模糊看不清呢？"

真是乱七八糟……

"一路妈妈，请忍耐！紫苑妈妈接下来会有动作的。"

我又听到妈妈的低语，也就是化身为妈妈的秋琵特的低语。

唔……真不知道她葫芦里是在卖什么药。

第四堂的语文课也是这种情形。

今天上的是惯用句。

"请在空格内填入正确字词！"

取人（　）级，罪大恶极。

"好，正确答案是'首'。"

清井老师，这种句子很恐怖啊！

（　）身分离，惨不忍睹。

"好，这题的正确答案也是'首'。"

真是不吉利！为什么那么喜欢跟"首"有关的成语呢？

正当家长们的怒火达到顶点的时候，第四堂课结束了。

如此一来，"亲子聚餐会"的气氛肯定会很糟……

话说回来，驱魔仪式就要登场。我从来都没经历过，心里有点紧张啊！

"开动了！"

在号令响起的瞬间。

"我们想请清井老师做个测验，可以吗？"

坐在小惠隔壁，也就是五年一班教室坐椅上的小惠妈妈，边注视着清井老师边站起身。

出现了！她们想利用昨天在我家商量的"考题"，趁机好好羞辱清井老师。

无视于一脸惊讶的清井老师，小惠妈妈往黑板所在位置走去。

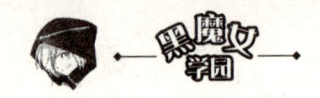

第一题　DC 是什么的简称？

第二题　请说出涉谷 Casual 的三种必备款。

第三题　Only shop 的相反词是什么？

"所谓的老师，通常都是站在出题目给学生写的一方，不是吗？偶尔试着站在小孩的立场，不也很好吗？"

全身名牌的小惠妈妈，脸上露出目中无人的笑容。

这时，小舞妈妈一派悠闲地开口说："哎呀，好简单哦！如果没拿到一百分，恐怕会惭愧到不敢当老师吧！"

好可怕。

接受这种测验并不代表就是站在小孩的立场，就算答不出来也没严重到不能当老师的地步，可是，在场的家长却受到某种"力量"的牵引而一致这么认为，真的是可怕……

难不成，这里的每位妈妈都是魔女？毕竟，我的妈妈现在就是黑魔女呀！

可是，清井老师却莞尔微笑，站了起来。

第一题　DC是什么的简称？

Designers & Characters

第二题　请说出涉谷Casual（轻便穿着）的三种必备款。

深蓝色运动上衣、直筒牛仔裤、灰色包包

第三题　Only shop的相反词是什么？

Select shop

"这样的回答如何呢？请给分！"

清井老师摇晃着蓬松的鬈发，露出从容的微笑。难道全都答对了吗？

"唔……唔嗯……"

妈妈们纷纷发出应和声。也就是说，全部答对喽！

"今年是八十年代流行服饰大复活的时代，所以，这些都是基本常识啊！"

清井老师得意地笑着。妈妈们则是静默不语……

果然如秋琵特所猜测，妈妈们根本不是清井老师的对手。

"各位，要不要吃蛋糕啊？"

打破这股凝重又诡异的气氛的，是秋琵特妈妈。

哦！是要开始驱魔了吗？可是，怎么会用蛋糕呢？

"我们镇上的超人气蛋糕店叫'枫叶魅力'，是樱田杏家里开的，不过，我听说清井老师最爱吃的是隔壁镇上'精灵仙子'的蛋糕，所以今天特地去买来。"

松冈老师一听，也非常开心。

"黑鸟妈妈，您真周到啊！那就大家一起吃吧！只要吃了好吃的东西，大家就会开开心心，感情融洽了！"

"那么，我要打开喽！"

秋琵特妈妈拆开包装纸，打开盒盖。恍如大车轮的蛋糕立刻映入眼帘。颜色乌漆抹黑的，应该是巧克力口味吧！

秋琵特"失踪"了!

"这……这是……"

清井老师的脸色突然变得惨白,双手开始不停地颤抖。

"这是'精灵仙子'的超人气蛋糕'土星之轮'啊!清井老师在前来第一小学报到之前,不是吃过了吗?"

说完后,秋琵特忽然转头面向玛莉亚,问道:

"玛莉亚,'土星'用英语怎么说?"

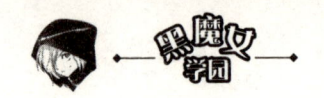

"Satan！"

Satan？啊！是指那个恶魔撒旦吗？

"总之，天下就有这种犯下愚蠢错误的、不入流的恶魔。"

啥？这样的说法很难懂又让人窝火！请仔细说清楚好吗？

"我是说……"

外表是妈妈，内在却是秋琵特的说明，照例又是一长串，所以将其归纳如下：

一、土星的英语说法虽然是Satan，和恶魔撒旦的发音极为相似，但两者截然不同。

二、土星的拉丁语为Saturnus，是一位天神。

三、在魔界，这些算是基本常识，却有恶魔连这些都不知道，真是伤脑筋。

四、那种恶魔一旦来到人界，看到"土星之轮"蛋糕时，会误以为那是恶魔的最佳休憩场所，就会钻进去睡大头觉。

五、由于清井老师对此毫不知情，大口大口吃下"土星之轮"，来不及逃跑的恶魔，便被她吞进肚子里了。

六、因此，清井老师才会一听到与土星相关的话题，就面露不悦。

"因为，那会让躲在人类肚子里的恶魔以为自己被发现了。"

总觉得好复杂喔……

啊！不过，那就证明星罗同学的占卜完全正确喽！

"女子大学生，预计现身于土星，搞得一团糟。"

原来是清井老师在吃"土星之轮"蛋糕时，不小心把恶魔吃下肚，五年一班才会引起这么大的骚动啊……

"咯咯咯咯！呜哈哈哈哈！"

清井老师突然放声大笑。

而且，是那种低沉的男恶魔所特有、令人不寒而栗的笑声。

"居然能够看穿！你是黑魔女吧？这样一来就跟'神仙家庭'完全一样了。"

这时，五年一班陷入严重的恐慌状态！

"敝人曾经看过一部电影，片名叫做《大法师》。敝人也看过，那位少女被恶魔附身后，接二连三发生了许多恐怖的事情呢！"

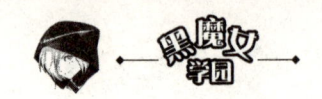

这时，出奇冷静的秋琵特迅速举起手臂，说道："各位妈妈，今天就让大家见识一下真正的驱魔仪式吧！"

说时迟那时快，妈妈瞬间变回平日的秋琵特模样了！

"哇呀！恶魔，出现了！"

退到教室后面缩成一团的五年一班亲子档，外加松冈老师，全都发出惨叫。

"你们看，我不是恶魔！我是魔界第一漂亮的黑魔女秋琵特老师！"

"那个，这种事说了等于白说，快点驱魔吧！"

"说的也是。好，千代，把小狗抓过来！"

包在我身上。

我转身面向在教室后面不停颤抖的结实同学。

"噜叽乌给、噜叽乌给、康特拉雷！噜叽乌给、噜叽乌给、康特拉雷！"

这时，蓝川结实的身体忽然大大抖了一下。

"喂喂，蓝川！你没事吧？"

松冈老师大声叫喊，大概是误以为结实同学被恶魔附身吧？

可是，结实同学却视若无睹，摇摇晃晃地继续往前走。

走到我的面前之后,她猛然将环抱在胸前的双手张开。

"汪汪汪!"

一只吉娃娃突然冲了出来!对着清井老师大声狂吠。

"哦哦,千代,做得好啊!"

嘿嘿嘿嘿。

因为我想到了前几天去投靠结实同学的那只吉娃娃呀!

只要结实同学出声叫唤,无论猫狗都会自动靠过来。所以,我就对她施放"操控魔法",请她呼唤吉娃娃过来。

"很好。接下来,我们要一起唱诵《黑龙》里的第三章'恶灵召唤术之二',你应该还记得吧?"

当然,我可是很认真练习的。

"汝等若胆敢不服从,吾人将以魔神撒塔那基亚之力,对汝等施咒……"

"呜嘎嘎嘎!呜嘎嘎嘎!"

清井老师扭动着身躯,露出痛苦的神情。

吉娃娃见状,吠得更激烈了。

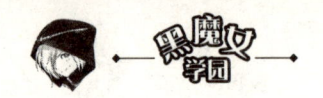

"汪汪汪！汪汪汪！"

"汝等将被巨大物体吞没，直到最后审判日之前，被其胃液所溶化……"

"呜嘎嘎嘎！呜嘎……"

"好，恶魔就快要跑出来了。"

正当秋琵特这么说的时候。

"呜嘎嘎……"

用手捂住嘴巴，扭动着身躯的清井老师，突然静止不动了。

然后，一个人形黑影像是要撬开那只手似的，从清井老师的嘴巴里跑了出来。

模样好像很恐怖！头上还长着两根好像角一样的东西……

咦？可是，那双圆滚滚的大眼睛，以及可爱的脸蛋，好像在哪里看过……

"偶是恶魔情！恶魔是姓，情是名哦！请多多指教！"

"呜哇！超级不会读书的恶魔，原来是恶魔情啊！"

"嘿嘿嘿嘿。秋琵特大人，好久不见了。啊！黑鸟千代子也一样。"

那用肥短小手猛搔着头的样子，实在很可爱！

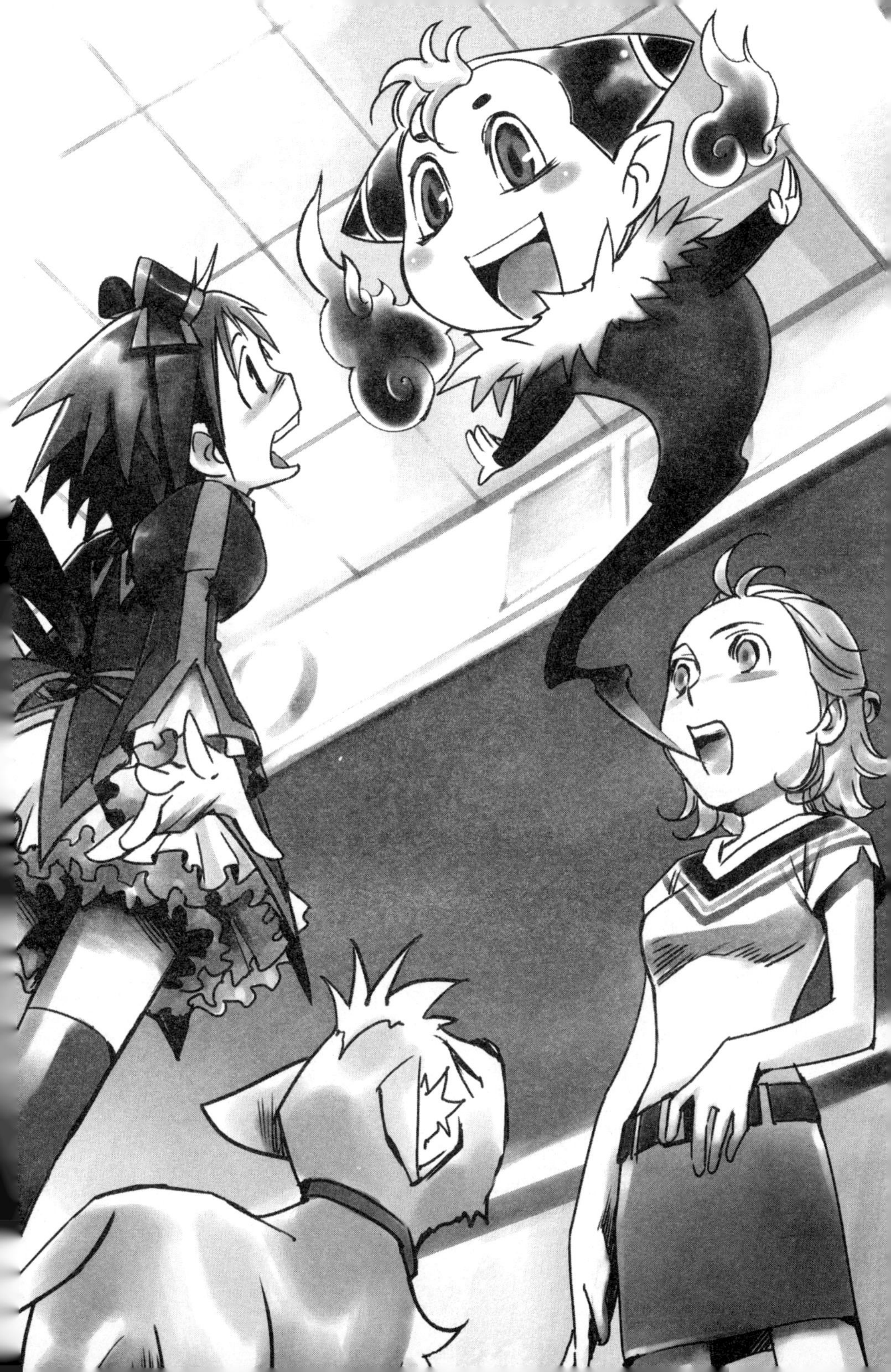

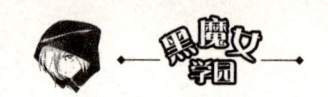

不过，恶魔情，他为何会来人界呢？

"该不会又要开口说'黑魔女三级检定考试，开始'吧？"

听到这句话，恶魔情摇了摇比身体还要大的头部。

"不是，考试还没开始呢！我这次是来送信的。"

"哦，是嘛！不过，如果真是这样，你为什么不马上跑出来呢？"

"因为如果被发现我在蛋糕里面睡着了，信息员的工作就不保啦！魔界是很残酷的。"

这样啊！可是，信没有准时送达不是更糟糕吗？

"是……是的。所以，恳请各位当作没有发生过这件事……"

恶魔情将那双短腿交叠，端正坐姿，低头请求。

"千代，怎么办？这次把这么多人都卷进来。若是在平常，我一定不会善罢甘休的，但因为五年一班是你的班级，就由你来决定吧！"

教室里的每一个人，都因为这种不可能发生的事情，以及匪夷所思的发展而陷入思考停止状态。

大家都惊讶得张大嘴巴，盯着我这边看。

不过，等一下只要对大家施放"遗忘魔法"，一切就会恢复原状。既然如此……

"恶魔情，我原谅你。你快去送信吧！"

"谢……谢谢你！"

恶魔情将额头整个贴在桌面上，诚恳地鞠躬道谢。

"不过，到时我的三级检定考试通知，你可不能耽搁，要尽快送达哦！"

"那……那当然！无论发生任何事，我都会飞快送达的。"

恶魔情不断地鞠躬致谢，然后以跑百米的速度，一溜烟地冲出教室。

"接下来，该为大家施放'遗忘魔法'喽……"

秋琵特正要转身面对五年一班的亲子档们，这时……

"啊！咕咪！这不是咕咪嘛！"

这声音，是小惠。怎么回事？你怎么追着吉娃娃跑呢？

"她是我家的咕咪！前几天才离家出走，没想到居然还活着！"

哦，原来如此呀！那太好了……奇怪？咕咪怎么拼命想逃呢？

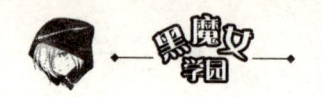

这么说来，当我用黑魔法聆听它和猫咪们对话时，好像听到它发了不少牢骚。它不但埋怨饲主照顾不周，还说希望饲主能够准时喂食，每天为它更换饮水。

原来它是在抱怨小惠呀！嗯，我能理解。

仔细想想，好像也没看到她在积极寻找咕咪！

而且刚刚还说"没想到居然还活着"，实在是太过分了。

"咕咪，为什么要逃呢？"

啊！总觉得，咕咪好可怜。

"秋琵特老师，可以帮咕咪也施放一下'遗忘魔法'吗？只要将之前的事全部忘掉，说不定它就会想回家了。"

第三章 黑魔女的运动会

1 救世主的诞生

微风吹拂的清新早晨,温暖的阳光遍洒大地,五年一班的欢笑声响彻云霄。

"你们吵成这样,身为班长的我很没面子啊!"

小舞尖高的声音回荡着。

围成圆圈的一班所有成员立刻垂下头,沉默不语。

搞清楚好不好!现在又不是朝会时间。

是因为小舞你昨天说"明天早上,召开限定学生参加的紧急班会"。所以,我们才提早三十分钟来上学的啊!

讨论的议题则是"关于下周

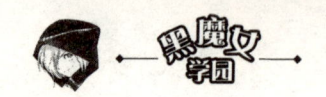

运动会的班际对抗接力赛"。

凡是四年级以上的班级，每班都必须推选出男女各三名选手，并以一班和二班为一组进行对抗赛，不过，听说和五年二班的女子代表选手比起来，我们五年一班的实力好像差多了。

"你们知道吗？二班女子代表三人的纪录保持成绩是……"

对于小舞的"说教"，大家都充耳不闻。这是当然的嘛！毕竟就算她再怎么唠叨，跑步成绩也不可能一下子提升，反而会让大家提不起劲啊！

虽然大家都因为对她畏惧三分而装出认真聆听的模样，但其实东海寺同学的口中正念念有词地复习着咒语，色胚王牌也在偷瞄《少年漫画》的彩页，而小惠则偷偷在修剪指甲。

至于我，则是躲在横纲宽广的背后，埋头苦读"黑魔女三级检定考试"！

因为，如果没在回家之前练好的话，我家那个秉性恶劣的黑魔女肯定会把我狠狠修理一顿的。

话说回来，三级的题目跟四级比较起来，实在是困难多了。

那叫问答题吗？反正就是，增加了好多累人的笔答题目。

第六题　请写出运气提升咒语。

第七题　四级黑魔女音户入花，第二次召唤地狱的旅团长萨尔嘎塔那斯。下列的召唤方式如有错误，请确实订正：

① 在太阳沉入地平线的瞬间，用崭新的小刀砍下榛树枝干，做成手杖。
② 前往医院太平间，用魔法石在地板上画出三角形。
③ 手拿手杖，站到三角形里面，唱诵召唤咒语。

第八题　找出下列文章的错误之处，画线标示并加以订正：

六级黑魔女～魔津岛魔魔子和黑魔女指导员西漂雷特签订了契约。但因西漂雷特是有名的不良黑魔女，魔

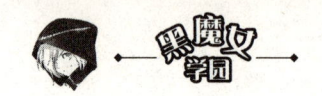

魔子的母亲便施放咒语，解除她们之间的契约。

第六题因为刚学过，而且曾经目睹名叫芭芭雅嘎的荒唐魔女操作过，所以知道怎么回答，但是第七题和第八题就不知道了。还有，那个医院的太平间是什么"东东"啊？

"就是指保存在医院去世病患尸体的房间。"
这是铃木薰同学的解答。
"如果是大型医学院之类的，有时会设在解剖室的隔壁。"
好可怕！无论是她告诉我的事情或是偷看我的考题这件事，都非常可怕！
不过，更可怕的是，铃木同学那眼镜底下闪过锐利目光的脸庞！
"那边那两位！"
哇，是小舞！
"大家都正在认真思考，你们却没在听我说话，是什么意思啊？"
请容我订正刚刚所说的话。因为这里最最可怕的，是两手交叉在胸前的小舞那张脸。

"我姐有认真在听啊！"

帮忙解围的是，铃木薰同学的双胞胎弟弟，铃木重。

"铃木薰同学，你弟弟说的是真的吗？"

小舞又是两手交叉又是斜吊起眼睛的，摆出备战姿势。这下可不妙了。

可是，铃木薰同学却完全不为所动，开口说道：

"二班女子代表选手三人的纪录保持成绩分别是八秒八、八秒七、八秒九，合计是二十六秒四。"

小舞的表情霎时僵住了。

这也难怪，因为连我也不敢相信呀！铃木同学刚才在对我讲解太平间的事，应该没听到小舞的说话内容啊……

"可是，我们一班的女子赛跑选手的纪录保持成绩却是，须须木凛音九秒五，紫苑惠九秒三、美里雷香九秒四，合计为二十八秒二，与二班相差了一秒八。所以，运动会结束之后，五年一班必定会成为笑柄。"

奇怪？铃木薰同学眼镜底下的那双眼睛，往右下方猛瞟。难道那里有……

啊！一定是铃木重同学将小舞所说的话记录下来，

偷偷拿给铃木薰同学看。

真不愧是姐弟！默契好得没话说。了不起！

"总……总而言之！必须成立'不能坐以待毙委员会'才行啦！"

颜面尽失的小舞想要扳回一局，于是搬出惯用的组织委员会戏码……

"日向太阳同学！你是男子赛跑的代表选手，所以就由你来担任委员长。"

日向同学，出场了！

这个男生在"怪咖一箩筐"的一班当中，算是独树一帜。

若用一句话来形容，就是"热血少年"。人如其名，凡事都会热情投入。

"班长，我愿意！呀喝！"

无论是担任午餐值日生或是打扫值日生，他都是这个调调，一律从发出"呀喝"的呐喊声开始。听说他在负责打扫饲养小屋时，就是这样吓坏了兔子们，还差点害它们生病，因而被老师严格禁止发出呐喊声。

正因为他如此的活力充沛，所以体育方面的表现自然在色胚王牌之上。据说他在市长杯的国小田径大会上，创下五十米短跑七秒三的纪录，勇夺短跑项目的综合优胜。

五年级的男生能跑出八秒就算是快的了，所以日向同学，你真有两下子！

"关于这件事，我现在就想到了一个对策。呀喝！"

那个呐喊声，真是吵死人了……

"紫苑惠！"

"什……什么事啦！"

小惠整个人跳了起来，把正想要涂在指甲上的诡异液体给洒了出来。

"快把那身轻浮随便的运动装换成短袖短裤的运动服。如此一来，你铁定可以跑得比早上的纪录快零点二秒。"

咦？"早上的纪录"？小惠，你今天早上有跑步？

"对啊！短跑代表选手七点半就必须集合晨练哪！真是糟糕呢！"

我的晨练可是从五点就开始了！

"日向同学，请不要说什么运动装啦！这是 Sweat Setup 健美装！"

小惠突然改成侧面站姿，将右手放在后头部，并把

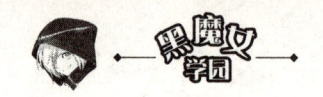

左脚伸直。

"拉链式的口袋设计很可爱吧?腰身略长的束腰设计,更可衬托出美丽的自我身体曲线,短裤两侧的加强线条目的,则在提升美腿效果!懂了吗?"

不懂。

她还只是个有着婴儿肥的五年级小学生,居然敢说什么"美丽的自我身体曲线"!

"也就是说,身为女生的我们,即使是上体育课,也要在意流行时尚啦!"

"使不得、使不得、万万——使不得!"

日向同学,就某层意义来说,你连说话方式也不像五年级小学生哦!

"沾满汗水和泥土,不断挑战自我极限,这才是青春。而最适合青春的服装,当然是白色的短袖上衣搭配白色的短裤!紫苑惠,我一定会让你脱下那套运动装的。"

喂,你那种说法,听起来有点讨人厌哦!

"对,没错!运动装,反对!短裤,赞成!"

色胚王牌、大谷早斗、横纲这三个色眯眯一族!居然跳起舞来!

议题
下周班

"可是，日向同学，就算紫苑同学愿意换衣服，也还差一秒六哦！"

"问题就在这里呀！唔，该如何是好呢……"

小舞和日向同学不约而同将手放在下巴，思索了起来。那模样既像是变身小英雄，又像是怪胎二人组……

就在此时，前门忽然"咔啦"敞开。

"哎呀呀，五年一班的各位。"大家连忙回到座位上坐好。

"在秋高气爽的凉风引领下，全员出席，无人迟到，真是好极了！"

松冈老师，你以为是相声大师啊！

"老师，一点都不好！在班际短跑比赛中，若不想让五年一班丢脸，就必须成立'不能坐以待毙委员会'，所以我们自动自发提早到校，现在正在思考对策。"

我说小舞，全班的确齐聚在这里，但并不是在召开委员会吧？况且我们是迫于无奈，而非"自动自发"呀！她的自我中心程度，说不定和小惠不相上下哦！

当我正在心里这样想时，小舞已经将一班的代表落后二班多少时间等细节，全部说明清楚。

"哦！如此说来，这或许正是个好机会。"

松冈老师露出微笑。

"事实上,从今天起,有个女生要来和大家一起上学读书哦!"

"啊,转学生吗?""而且是女生!""呜嘻嘻嘻!"

又是那三个家伙!给我安静!

话说回来,听到有转学生,我也是很感兴趣的。

"来,请进。"

配合着老师的说话声,前门"咔啦"一声打开来。

刹那间,令人目眩的耀眼光线,从四角形的门口一拥而入。

然后,一个剪影隐约浮现在白色光芒的另一头。

感觉就好像是电视的搞笑节目里,大牌来宾登场的画面……

接着,从光芒中一跃而出的,是个穿着纯白短袖和短裤运动服的女生。

那不断晃动的短发麻花辫上,还绑着条红色彩带。

无视于目瞪口呆的我们。那女生确实挺起胸膛,收下巴,以恍如运动会入场行进的英姿,大步向前迈进。

走到讲桌前面之后,她一个转身,面对我们说:

"大家早,我是铃风沙也加!"

声音真大！而且很粗哑。

"我是从千叶县转来的，请多多指教！"

"请……多多……指教……"

大家完全被她的气势给震慑住了。

这个女生，身高并不算突出，身材却相当苗条，若是穿上普通洋装，看起来其实很像个千金大小姐。

不过，脸上的五官可就不一样了。黝黑的笑脸底下露出白皙的牙齿，宛如榛果的晶亮大眼熠熠生辉。给人一种神采奕奕，甚至是过度朝气蓬勃的感觉。

坐在最前排正中央的我，眼看就要被她的惊人气势给压垮……

"那套离谱的衣服是？在哪里买的？什么牌子？"

小惠，劈头就问这个，很没礼貌哦……

"哦，这是以前学校的运动服。我平常都穿这个哦！因为好活动，弄脏了又很好清洗。我是在我们村子里唯一的一家叫'大渔堂'的服饰店买的。那家店的橱窗里还长蜘蛛网，很脏呢！啊哈哈哈！"

哇！真豪爽……

"说到牌子，就是在问由哪家公司所制作的对吧？请等一下。"

在众目睽睽之下，沙也加同学竟然毫不在意的翻开衣服的袖口，拉开短裤的腰带往里瞧。咦？猛然露出的肚子上的那一道是……那是腹肌！

"是'御佳美学生服'做的！"

由于实在太过震撼，大家都快招架不住了。一片鸦雀无声当中，小舞突然举手发问。

"老师，我有问题。您刚才在介绍沙也加同学时，说了句'这或许正是个好机会'，这到底是什么意思呢？"

"啊啊，说到这个呀！诚如大家所见，沙也加是个'运动少女'，而且绝对不是个半吊子哦！首先，她软式棒球的投球纪录是四十一米……"

"骗人！那……那不就跟我的纪录一样了吗……"

色胚王牌的声音在颤抖。

不过，这也难怪。毕竟他坐的是少年棒球队的第一把交椅，是连六年级都望尘莫及的永远王牌。现在居然和女生的纪录一样，这未免……

"啊，老师，是四十一点五才对哦！不过无所谓啦！"

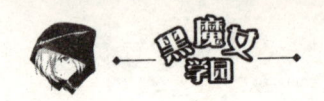

沙也加同学伸了伸舌头，笑了。色胚王牌则是垂头丧气。

"先别太早惊讶哦！她五十米短跑的纪录居然是……"

听到五十米短跑这几个字，大家全都探出身子。

"七点七秒！"

"什么！"

现场顿时变得好像电视购物秀里，公布物品价格的舞台。

"等一下。那假如沙也加同学代替我去参加短跑比赛的话……"

坐在最后一排的须须木凛音同学站了起来。

"小惠跑九秒三，雷香九秒四，如果沙也加同学跑七秒七，不就……"

"合计是二十六秒四。"

"和二班选手的纪录一样呢！"

从凛音同学的隔壁传来令人熟悉的卡通声音。大形同学正在和布偶说话。不过，大形同学，你的计算速度真是快！

"凭一个人的力量居然就可以扭转局势，真令人无法相信。"

"不仅可以扭转，只要紫苑换上短袖加短裤，还可以赢零点二秒呢！"

"为了五年一班，就请你忍耐一下吧！穿上御佳美学生服，说不定可以跑更快。"

大家七嘴八舌，吵吵嚷嚷，坐立不安，闹成了一团。

"各位，请安静！"

因为小舞这句话，五年一班立刻鸦雀无声。

不愧是小舞。如果是松冈老师，就绝对办不到。

"沙也加同学，你才刚转学过来就要你帮忙，实在非常过意不去，但是……"

小舞从座位上跳起来，冲上前紧握住沙也加的双手。

"你是五年一班的救世主呀！请担任我们班的短跑选手，拜托！"

"拜托你！"

五年一班所有的同学也齐声说道。

"当然，我很乐意。我才要请大家多指教呢。啊哈哈哈！"

2 秋琵特的无理要求

啊啊！累死人了……

腰和腿都痛得不得了，连穿个哥特萝莉服都觉得辛苦……

"别想趁机浑水摸鱼。就算是黑魔女，也不能心术不正过头哦！"

不是这样的。我是真的全身酸痛。

由于沙也加这个实力惊人的短跑好手临时登场，五年一班的跑速过慢问题顺利获得解决，这样固然很好，但我万万没料到会因此激起大家的斗志呀！

放学后进行跑步练习时，非选手的班上同学居然"自动自发"加入跑步的行列，而且一口气就练了五次运动会的百米赛跑……

"哦——'自动自发'的意思是'自己心甘情愿'耶！每次做黑魔女的修炼都心不甘情不愿的你，居然会

'自己心甘情愿'去跑步,真令人讶异。"

"我当然是心不甘情不愿啊!可是不知道为什么,小舞每次一提案,就会形成"没人敢说不"的氛围,然后就自然演变成大家"自动自发"的局面啊!"

"该不会是高傲女施用了厉害的魔法吧?有必要好好check① 一下。"

秋琵特一跑进爸爸的房间,就将手指向尚未开机的计算机。

"噜叽乌给、噜叽乌给、利普洛丢雷!"

哎呀!计算机显示器立刻变亮了。

奇怪?屏幕里那个梳辫子的是宫濑灯子。旁边的鬈发少女是雾月姬香。哎呀呀!躺在地上哭泣的是横纲……

这不是刚才放学后,我也在场的校园即景吗?

"没错,这是'随时录像魔法'。就算你已经不在场,还是可以透过这个魔法,观看那之后所发生的事情。"

"秋琵特老师,好厉害!"

因为,实用指数太高了。高到让人无法想象这竟是

---

① check:核对,检查。

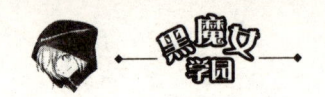

黑魔法！

"就是说嘛！用了这个，所有的秘密就都无所遁形哦！比方说，你今天上数学课时，懒得自己计算，就偷看东海寺的笔记本；上音乐课时，你只是张口敷衍，实际上是在打瞌睡。这一切，我全都看到喽！"

怒啊……你就是用这种方法抓住别人弱点的吧！

瞧扁黑魔法的我，真是愚蠢至极……

"放心，我不会用它来威胁自己徒弟的。我不会把你在上自然课时猛挖鼻屎的事情抖出来，也不会要求你下次一定要买真正的乐烧回来孝敬我的。"

明明就是在威胁。

还有，到底要我说多少次才会明白，乐烧不是食物啦！

"嘘！坚强的灯子在说话了。"

秋琵特一窥看画面，灯子的脸立刻被瞬间放大。

"只要能目睹沙也加同学的神奇跑速，在这里待多久都没有关系。"

"只要能够和她一起练短跑，搞不好连我也可以跑更快呢！"

"明明呼吸的空气都一样，差距却这么大呀！"

大家都在争相发言，畅谈留下来练跑步有多么的棒。

"呃嗯，高傲女那丫头，居然可以控制孩子们的心到这种地步，魔力真是了得啊！"

你错了。

这叫做"从众心理"啦！虽然她们每个人都觉得怪怪的，却提不起勇气去反抗呀！唯一可以依旧我行我素的，只有小惠一人。

她是短跑代表，却敢说"我今天非去表参道HILLS买东西不可"。然后就一溜烟跑回家了。

"我觉得花俏女也非等闲之辈，她应该会使用'对抗魔法'吧？"

你又错了！小惠只是自我中心过头罢了！

"秋琵特老师，我觉得你很奇怪！你明明打从一开始就非常了解小惠和小舞，现在怎么突然说她们有魔法呢？"

听我这么一说，秋琵特忍不住叹了口气。

"真羡慕你这丫头，真优哉啊……"

干吗突然这么说。

"大型活动再一个月又一周就要举行了，当然会忐忑不安啊！"

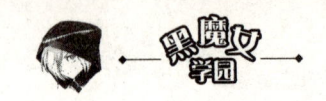

再一个月又一周？十一月一日，是什么纪念日吗？

连续三个一排在一起，总觉得不寻常啊！

因为，不是有很多纪念日都会被取谐音，或是被说成冷笑话吗？比如三月八日又称为"三八日"，九月二十八日被戏称为"揪恶霸"教师节。

"笨蛋、呆子、傻瓜、废物、白目鬼、运动白痴、一坨大便！"

什么嘛！犯不着用那么粗鲁的字眼骂女生吧！

"你的位阶虽然很低，但毕竟是黑魔女啊！怎么可以把前一晚的大型活动给忘记呢？"

前一晚，是指十月三十一日吗？嗯，说到这十月三十一日……

啊，是万圣节！

那天要制作南瓜装饰，还要穿上恶魔或魔女的装扮去游行，还可以向大人讨糖吃。那句话好像是这么说的："Trick or Treat！不给糖，就捣蛋。"

"你是笨蛋啊！我们是真正的黑魔女，不能只做那么轻松如意的事啦！"

秋琵特冷哼了一声。

"在魔界和人界一年一度可以公然相通的万圣节里，

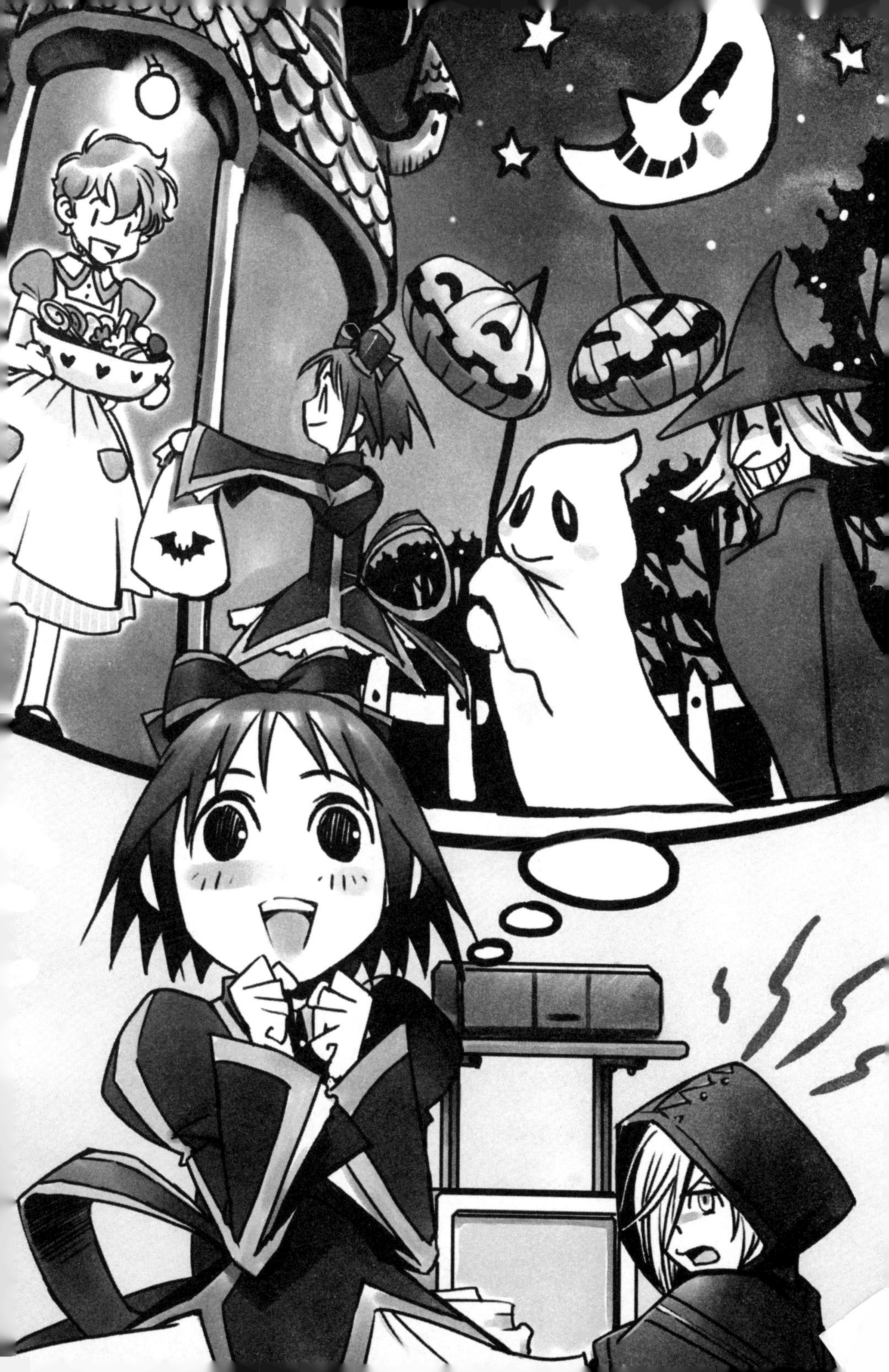

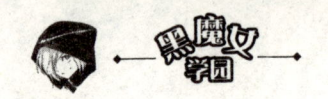

会有很多魔界的魔物、魔法师和魔女们前来人界游玩。不过，对新任的黑魔女指导员来说，这天同时也是寻找人界新徒弟的重要日子。"

"咦？秋琵特老师缠住我的那天，不是放春假的时候吗？"

"那是你自己召唤我来的！说什么'秋琵特！秋琵特！请从南边的窗户降临'的。"

啊啊，的确如此。

不过，请容我再度解释清楚，我没有刻意召唤秋琵特，我想召唤的是爱神丘比特，只是那时正好花粉症发作，因鼻塞而念错咒语了。

虽然她偶尔会摆出"既然被你召唤，只好勉为其难前来"的态度，但是关于这点，请千万不要搞错了哦！

"真是的，真是个坏心眼的黑魔女见习生。"

因为我是黑魔女呀！坏心眼是理所当然。

"不过，正因为我把你这个毫无天分的女孩教导得这般坏心眼，来自魔界的询问才会络绎不绝。"

询问？是什么意思啊？

"就是拜托我帮她们介绍具有黑魔女天分的女孩啊！这还不打紧，有些坏蛋甚至会问我，有没有那种愿意出卖灵魂给恶魔的女孩呢！"

会被秋琵特称为坏蛋的黑魔女，肯定是坏透了。

"她们一旦找到对黑魔女心怀憧憬的女孩，就会教女孩一些简单的魔法，或是毫无用处的假魔法，代价却是要夺走女孩的灵魂呐！实在够差劲的，对吧？"

"咦？所谓出卖灵魂，不就是这么回事吗？"

秋琵特"唉"地叹了一口气。

"所以说，低级黑魔女最让人伤脑筋。要让人类出卖自己的灵魂，是必须大量满足人类的各种愿望的。比方说，让人类成为国王或是赋予人类免费吃营养午餐一整年的权利等。"

"那个，我觉得成为国王和免费吃营养午餐一整年，这两件事不能相提并论！"

"哦，若觉得营养午餐太小儿科，不然就改成家庭餐厅好了。"

问题不在这里啦！

"总之，若能夺取人类的灵魂，就证明那个魔物或魔女够优秀，迟早会在魔界出人头地。如果是魔女的话，就极有可能在万圣节的'莎巴特'里成为女王哦！"

"莎巴特"的女王？"莎巴特"不就是魔女们的大型

聚会吗？

"没错。在万圣节晚上所举行的'莎巴特'，是一年一度的最大盛事。若能在那里被推选为女王，无论对当事人或是黑魔女指导员而言，都是无比的荣耀啊！"

听说在统领黑魔女的"黑魔女总督察"之中，绝大多数都由曾经让徒弟当上万圣节"莎巴特女王"的黑魔女指导员来晋升担任。因此越是接近万圣节，想要骗取人类灵魂的魔女便会越多。

"为了不让那些坏蛋胡作非为，就必须由像我这样的黑魔女，来保护那些具有天分的女孩，并建构起向认真黑魔女索取介绍费的制度……"

等一下。你刚刚是不是说了"索取介绍费"这几个字？

"你该不会是要把小舞和小惠介绍给魔女，从中获利吧……"

"不……不要胡说哦！我只是打比方，假设她们两个拥有魔力啦！"

"绝对不可能。小舞只不过是严格讲究规矩，小惠只不过是自我中心到极点，她们两人绝对都是不折不扣的人类。"

"是这样吗？嗯，好像是这样……哎呀！都是因为你太坏了，我才会忍不住以为其他的女孩比你棒啦！咿嘻嘻嘻嘻。"

"总归一句话，我很坏就对了啦！不过，请不要因此就把毫不相干的女孩卷进来好吗？"

"我知道啦……哇！这女孩跑得真快！"

秋琵特看着画面里的沙也加同学，露出想要敷衍了事的笑容。

不过，令我惊讶的是，居然有黑魔女会趁着万圣节晚上，抓人类女孩去当黑魔女见习生。而且居然还有只想夺取灵魂的坏蛋，真是太危险了……

虽然秋琵特只是嘴巴坏，但人界里面还有其他黑魔女呀！例如……

"午安！秋琵特前辈！姐姐！"

"桃花妹妹啊……啊！桃花妹妹应该不会做坏事才对。"

可是，应该还有其他头脑好、心眼又坏的黑魔女才对……

走进爸爸房间的桃花妹妹，狠狠地注视着我说：

"姐姐，你指的坏事是什么？"

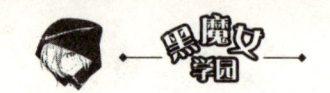

哇！耳朵真灵。

"哦，没什么啦！倒是你手上拿着的那个大壶是什么？"

奇怪！怎么会有这么强烈的腥味呢？

"这是我去落合溪抓的青蛙、草蜥和蜗牛。"

你说什么？你该不会是……

"我要制作'飞行魔法药'。啊！姐姐，也要请你帮

忙哦！下个月不就是万圣节了吗？一定会有许多黑魔女来到人界，飞行次数必定会大增呀！"

说什么飞行次数？你又不是空服员。

"那么，桃花，先从磨碎开始吧！"

快住手啊……

"哦，不能在爸爸的房间进行。不然，去千代的房间好了。"

我才不要咧！

"姐姐！"

桃花妹妹的眼睛闪过了一道锐利的光芒。

"光看DVD，偷懒不做黑魔女的修炼，小心无法晋级哦！"

如果要摸蛇或蜗牛之类的东西，我宁可不要晋级。

更何况这又不是DVD，而是秋琵特的黑魔法"随时录像魔法"哦！

"这是放学后的校园！大家都在跑步。啊！那位哥哥也在。原来如此。我还以为他和布偶一起窝在房间里呢！"

桃花妹妹看着计算机显示器，小声窃笑着。

"哇呜，这位姐姐跑得可真快！她就是所谓的救世

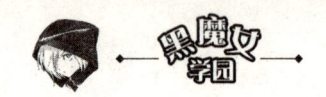

主吗？"

"什么！救世主？"

哇，秋琵特！请不要突然那么大声好吗？

"笨蛋！这不吓唬一下怎行！"

她居然啪哒啪哒地挥动斗篷，朝我和桃花妹妹靠近，到底是吃错了什么药啊！

"千代！桃花！你们是黑魔女吧？那救世主就是你们最大的敌人！"

敌人？为什么？

"所以说，不认识汉字的人最让人伤脑筋。"

这句话，我原封不动奉还。

因为我从没看过秋琵特所写的信里，用过任何一个汉字。

"少啰唆！你听好，救世主是拯救的'救'加世界的'世'加人类的'人'，意思就是拯救世界的人。那能够得救的人是谁呢？当然是受苦的人类。可是，黑魔女的工作是什么呢？是折磨人类！"

所以，我才不喜欢啊！

"总之，救世主和黑魔女的角色正好相反，就好比水跟盐。"

正确应该是水跟火吧？因为水会被火浇熄呀！

"前辈，我觉得你想太多了！"

被秋琵特的惊人气势给震住的桃花妹妹，终于插嘴说话了。

"'救世主'这个名词的意义或许是这样没错，但这女生不一样啊！"

桃花妹妹好像从大形同学那里得知，五年一班正在为短跑比赛的事情伤脑筋。于是，她一五一十说给秋琵特听。

"也就是说，这女生因为能解除五年一班的燃眉之急，所以大家才说她是救世主。"

秋琵特一听，那漂亮又白皙的脸蛋立刻红成一片。

"呃嗯……"

秋琵特将双手交叉在胸前，发出低吟。然后将脸凑近计算机显示器，鼻子都快贴在屏幕上了。

"呃嗯……"

呵呵，这次要怎么去骗人才好呢？

"千代！和这位救世主战斗！"

啥？怎么突然说出这种话呢？

"假如这女生是五年一班的救世主，那你就是五年一

班的黑魔女。你们两人当然有必要一决胜负！"

"前辈，那是说不通的歪理呀！"

桃花妹妹也快受不了了。

"这不是歪理！是黑魔女指导员的命令。"

就算是命令，但是，我该如何和她一决胜负呢？

"赛跑、猜拳、比汉字，只要是能分出胜负的都行，而且你一定要赢。"

真是岂有此理！

说起赛跑，我怎么可能赢呢？她五十米跑七秒七，我可是跑十二秒八！

而猜拳根本就是比运气呀！虽说比汉字我不见得会输，但我若是说出："沙也加同学，我们来比汉字决胜负！"肯定会被认为是"怪咖"啦！

"不要喋喋不休！低级黑魔女只要乖乖听我说就行了！"

搞什么啊！怎么突然站起来呢？是要去哪里呀？

"我忽然想起一件急事。桃花！快去熬煮'飞行魔法药'，千代快去修炼，准备和救世主对决。都听清楚了吗？"

秋琵特指手画脚说完后，便打开窗户走出阳台。然后一把抓住晒衣竿，一脚轻巧地跨于其上，整个人越过栏杆，飞向天空。

"啊，前辈！你不是没抹'飞行魔法药'吗？"

桃花妹妹的话都还没说完，下方的庭院便传来"砰"的一声巨响。

"好痛！"

唉……我干脆趁这次的万圣节，去物色一个优秀一点的黑魔女指导员好了。

3 人生充满了"意外"

"二班同学看到沙也加同学的跑姿,都吓得发抖呢!"

"真的。她们老是取笑我们是慢郎中,这下子感觉真赞。"

准备上第五节的体育课时,五年一班的女生们在校园里围成圈聊天。坐在正中间的,当然是沙也加同学。

"那么,我来把自己弄得更加醒目一点吧!在长度几乎拖到地上的彩带头巾上写着御佳美学生服,然后全速冲刺,让垂地的彩带头巾翩翩飘扬,怎么样啊?啊哈哈哈哈!"

穿着白色运动服的五年一班学生们,听着沙也加同学的爽朗笑声。

不过,只有一个人例外,小惠穿的是黑色运动服。而且那个黑色是闪亮亮的黑,腰际还滚上金边。

"这叫做丝绒亮金加强运动套装,长裤的腰际部分滚着亮晶晶的金边呢！你们看，连缎面的缎带也经过精心设计……"

小惠真是了不起。尽管大家的瞩目焦点早已转移到沙也加同学的身上，她还是可以自在地表演个人服装秀。以自我为中心，不会累积压力，很不赖嘛！

啊啊！结果，心情沉重的，只有我一人……

秋琵特从阳台坠落至今已经过了三天。每天我一回到家，秋琵特就会责问我，和沙也加同学一决胜负了没。

可是，比运动铁定会输得很惨，比考试嘛，昨天倒是有一场汉字考试。

不过，那场考试非但没能分出胜负，反而招来奇耻大辱。

因为我把"yuumei 的医院"这个问题的答案写成了"幽灵（yuurei）的医院"。

然后，在对答案的时候，小惠大声嚷嚷着："居然写成'幽灵的医院'，千代，你一定是被诅咒了。"结果引起哄堂大笑。

我倒觉得把"书的移动"写成"书的异动中"，还画蛇添足地在"动"的后面加个"中"的小惠，比我离谱多了呢！

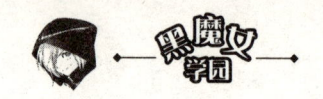

沙也加同学则是拿满分。看来她不只运动神经发达，功课也很不错。

话说回来，她的个性虽然豪爽，但骨子里似乎很认真，当她听到我和小惠为了"幽灵的医院"在吵嚷时，还神情超恐怖地瞪了我们一眼。

在学校遭到耻笑，回家则是遭到责骂。每天好像都遭到诅咒一样，唉……

"五年一班的各位，久等了！哎呀，真是个美妙的午后啊！"

"热血的型男教师"永远活力充沛，真令人羡慕。他应该没有任何的烦忧吧！

"紫苑，今天这套运动装也是街头风格啊！放学后似乎可以穿着它直接前往六本木的俱乐部！"

啊啊！今天是星期五，所以他才会在此刻想到晚上跳舞狂欢的事情。

"这个牌子叫做 baby fat，设计师是超级名模出身，而且丈夫还是嘻哈界的大人物呢！所以，她设计的每一款服饰都酷到最高点哦……"

"那么，弄脏了可就不得了。所以从下次的体育课开始，请换穿短袖和短裤吧！"

哦？情节的发展令人讶异！

"不……不然，我把鞋子换成Tommy Hilfiger好了……"

不愧是视时尚如命的小惠，不会因为这点小挫折就气馁。

"换成跑步鞋也没用。不只是紫苑，五年一班的所有同学都禁止穿鞋子。"

啥？听不懂！

"各位，请看那边！第一小学这次运动会的口号已经决定了！"

松冈老师所指的地方，是游泳池的围栏。

咦？那上面挂着白色的横幅。在那边蠕动的人影是……

日向太阳同学！

在秋阳的照射下，日向同学边露出洁白的牙齿微笑着，边指着横幅。

朝气蓬勃的第一小学学生，就应该，穿短袖、穿短裤、打赤脚！

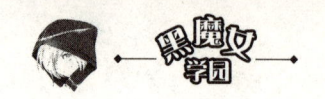

"今年运动会,五年级的主要项目是'团体体操'。这种体操因为需要踩在别人的肩上,所以原则上要脱鞋子。既然如此,我们就决定从头到尾都不要穿鞋!"

"可……可是老师,校园里有很多小石子,赤脚走路会很痛!"

不愧是小舞,坚持规矩、拼命抵抗。

"没事的,马上就会习惯。因为小孩是'土地之子'呀!"

真要如此形容的话,用"风之子"还比较贴切。土地之子会让人联想到蛇!

"啥?团体体操?主要项目不是赛跑吗?"

大声发问的是沙也加同学。

黝黑脸蛋的正中央,一双榛果般的眼睛睁得又圆又大。

"若说能将大家同心协力的团队模样,呈现给其他年级或父母、来宾欣赏的运动,当然是团体体操。而且节目表里还故意把它放在压轴位置,绝对醒目!"

"怎么这样……"

沙也加同学好沮丧。

身为运动少女的她,或许是想借由赛跑吸引大家的

朝气蓬勃的
第一小学学生就应该
穿短袖·穿短裤

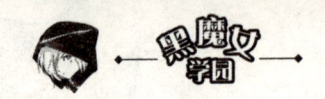

目光吧!

"可……可是……呜呜……"

哎呀呀,横纲你哭个什么劲儿呀!你和赛跑根本沾不上边,不是吗?

"团体体操就是所谓的人体金字塔。反正,我一定是在最下面当垫背啦!一次也好,人家好想雄姿英发地受到瞩目,可是……可是。"

哦,原来如此啊!嗯,你的确是很可怜……

"呀喝!横纲,不要哭!有机会的!"

啊!日向同学以惊人的气势从游泳池那边冲了过来,而且是打赤脚!

"我也觉得那样很不公平。所以,我向老师们提案,建议今年的人体金字塔排列位置,以猜拳来决定!呀喝!"

在大家的欢呼声中,老师的脸上浮现出一抹诡笑。

"因此,今天这堂体育课是决定人体金字塔排列位置的猜拳大会!"

什么!

"不过,里鸣如果排在金字塔的最下层,可能会比横纲更加伤心难过……"

向井里鸣同学那有如橡果的眼睛里,泛着泪光。

"就是说啊！什么都要猜拳决定才叫公平，真是奇怪！"

无论男生或女生，个子矮小的同学们纷纷发出嘘声。

我也这么觉得。我是很同情横纲，不过，万一他的位置在最上排，这下子不就换成排在他下方的同学要放声大哭了。

"喂，各位！"

哦哦！松冈老师的表情好可怕。是被料想不到的嘘声给激怒了吗？

"每个人都不想拥有伤心难过的回忆。因此，有时难免要和他人展开残酷的对决。但是，这就是所谓的人生！"

不过是人体金字塔的体操而已，有必要说得如此慷慨激昂吗……

松冈老师从呆然伫立的学生之间，缓缓走过。

鸦雀无声的校园里，老师的脚步声"嘎啦、嘎啦"回荡着。

他以为这是校园连续剧的场景啊！

"自己的命运要自己去开创！即使结果不如预期，也不悲叹自己的不幸，要勇敢地接受。老师希望培养你们

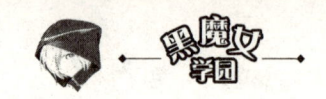

这种胸怀呀！"

　　老套！果然是陶醉在自己的言语中、自称"热血的型男教师"才会说出口、荒谬又老掉牙的言论。

　　"各位，以金字塔的顶端为目标吧！孕育出人生步步高升的坚强心灵！"

　　"好。"

　　哎呀呀！大家居然被松冈老师的话给迷昏了？

　　这种气氛，实在是够恶心……

　　"那么，男女生分别排成一列，然后和附近的同学配成对，展开第一回合猜拳比赛！"

　　什么？要和附近的女同学猜拳？我该和谁配对才好呢……

　　有别于动作缓慢的女生，男生在这种时候，动作可是相当迅速。

　　"麻仓！和我对决吧！"

　　哦哦！横纲鼓动着两颊肥肉，自信满满。

　　"哦，好啊！要是输了，可就无法在那些小喽啰的面前建立威信喽！"

　　麻仓同学，你是黑道老大的孙子！没必要对猜拳这种小事认真吧……

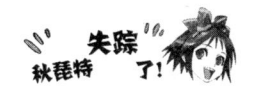

"剪刀石头布!"

"哎呀!输了。还是得排在最下层……"

横纲号啕大哭了起来。在秋天的校园里,他那站在顶点的梦想破灭了。

"大形,和我比输赢吧!"

色胚王牌对大形同学?唔,我跟大形同学虽然有许多过节,不过此时此刻,我当然要支持他。大形同学,快把色胚男消灭吧!

"剪刀石头布!"

"啊,我赢了呢!"

"兔子的耳朵剪刀,最强呢!"

大形同学,你好厉害哦!令人怀念的卡通声音也多了几分兴奋呢!

女生之间的战争好像也开始了。

啊!与大医院千金小姐丽华同学对战的是喜爱动物的蓝川结实。气质高雅、为人和善的两人,一旦论及胜负,眼神立刻变得像老鹰一样锐利……

"好,剪刀石头布!"

结实同学因为出剪刀落败而沮丧;出石头的丽华同学则摆出胜利手势。

"哎呀！我输了。"

发出仿佛要将校园一劈为二的惨叫声的是小惠！我知道她很懊恼，但也没必要赖在草地上挥手蹬脚吧……小心弄脏你的名牌运动服哦！

就这样，大家都处于极度亢奋的状态。

"天啊！我竟然输了耶！讨厌啦！"

百合摆出做作女的招牌姿势，整个人蹲了下去。

"这也是一种学习呀！这是成长过程中的考验呀……"

小舞则是畅谈起人生的大道理。真的是一样米养百样人。

"黑鸟同学，和我比输赢吧！"

那粗哑的声音是……铃风沙也加同学！

我既畏缩又犹豫。因为那大跨步的站姿、黝黑的脸孔，都震撼力十足。而且眼神更是吓人。平日的豪爽早已不见踪影，表情则像冰刀一般的锐利。

"咦？我吗？可……可是，不是还有其他女生吗？嘿嘿嘿。"

"老师说，要和附近的女生猜拳啊！"

可是，对面还有人没猜拳……哦！都猜完啦……

"黑鸟，加油！我有用'调伏真言'为你祈祷，所以你一定会赢的！"

东海寺同学！快停止呀，这样反而会让我压力更大呀……

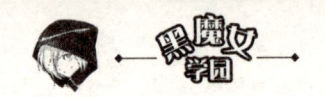

嗯？对了！我不是也有咒语可用吗？

"运气提升咒语"！"黑魔女三级检定考试"的第六题！有效提升猜拳、抽签等运势的魔法！唯有这种时候，才会觉得幸好我是黑魔女。

好！看我小声念出咒语。

"噜叽乌给、噜叽乌给、阿多拉梅雷枯……"

沙也加同学的眼神威力，也从冰刀等级提升到斧头等级了。那包裹在御佳美学生服出品的运动服底下的身体，散发出惊人的气味。

不过，我好歹也是个四级黑魔女，怎能输给你呢！

"剪刀石头布！"

石头！

咦？沙也加同学，你那有如"机器战警"般结实的手，出的是布吗……

"东海寺！都是你耍诈念咒语，才害黑鸟猜输啦！"

"麻仓！都是因为有你这个邪恶的家伙在场，我的咒语才会失效啦！"

我连他们的争吵都听不进去。

大受打击！不是因为猜输这件事，而是气自己的愚蠢。

因为现在的我，根本没穿哥特萝莉服……

"笨蛋、白痴、傻瓜、呆茄子、臭茄子、烤茄子、腌茄子！"

天啊……这次变成"茄子"大会串啦……

不过，这次我无话可说。居然穿着运动服就念咒语，我真的是笨蛋、白痴、傻瓜、呆茄子……

"我不是在骂这个！"

哇哇哇，不然是什么啦！

"'运气提升咒语'并不需要哥特萝莉服。"

咦？

"那句咒语的最后，不是平常的'××拉雷'而是'阿多拉梅雷枯'对吧？那是掌管运气的魔神的名字。因为他的名字本身就具有魔力，所以即使没穿蓄积魔力的哥特萝莉服，咒语还是有效。"

经你这么一说，难怪我打从一开始就觉得这个咒语不一样。嘿，原来那是魔神的名字啊！

"既然如此，我为什么会输呢？"

"因为那丫头也是黑魔女啊！应该和你一样都是黑魔女见习生吧？"

什么？沙也加同学是黑魔女！怎么可能。又没有什么证据……

"看猜拳结果就知道啊！那之后，那位飞毛腿少女不是连胜好几回吗？最后还登上四阶金字塔的最顶端，不是吗？"

没错啊！她是女生猜拳总冠军，所以得到最醒目的位置，也就是三个金字塔的正中间最上方。

"只要使用黑魔法，那种事根本是轻而易举。"

那会是哪种黑魔法呢？

"正因为你都没去调查，就毫不在意地跑回家，我才会生气啊！你在猜拳的时候，不是感到很有压迫感吗？不是闻到很浓的气味吗？既然这样，放学后就应该去跟踪飞毛腿少女，或是去多方查证，一般应该这么做不是吗？"

秋琵特一说完，立刻打开窗户，对着隔壁的房子大喊："桃花！喂，桃花！帮我去查一下五年一班名叫沙也加的女生住在哪儿！"

咦？居然去拜托桃花妹妹？这表示秋琵特不信任我吗？

总觉得，心情好复杂……

4 让人感动到想哭的真相

"沙也加同学就住在这里。"

驻足在街角的,是穿着黑皮革高领无袖洋装的少女,是披着黑皮革斗篷的女子,以及一身哥特萝莉装扮的少女。虽说现在是晚上七点多,四周一片漆黑,但我们这三人的形迹还是显得很可疑吧?

不过,别人看不见秋琵特的身影,这大概算是不幸中的大幸。

"这栋高级公寓挺大的嘛!"

高高耸立的四方形黑影,是一栋巨大的八层楼建筑。

"不是啦!前辈。这里是医院,圣德鲁里欧大学医院。"

一听到是医院,秋琵特的黄色眼瞳闪过一道光芒。

"黑魔女见习生居然可以待在医院里面,未免太安逸了吧?"

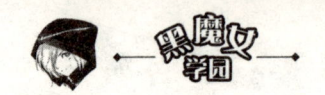

"不是啦！是因为她的哥哥住在这家医院。"

她哥哥住院！真是辛苦！

"听说他们之所以会搬到这里，就是为了让哥哥在圣德鲁里欧大学医院接受治疗。因为她哥哥得的是心脏病，而这家医院正好是心脏病治疗的权威医院。"

好详细。难怪秋琵特会比较信任桃花妹妹。

"总之，我们进去吧！要爬墙哦！"

"前辈，只要走到前面再转个弯，就有一个入口！"

"笨蛋！黑魔女穿着黑色服装进入医院，很不吉利！会被病患讨厌的。"

真搞不清楚这个黑魔女，究竟是算亲切还是不亲切。

就这样，我和桃花妹妹避开他人耳目，开始攀爬墙壁。

等到进去一看，才知道真不愧是大学医院，整栋八楼建筑都显得亮晶晶的。

"听说好像是最近才改建好的。"

"那么，那是改建前的医院喽？"

循着秋琵特所指的方向望去，那里有一片长满芒草的荒地和一栋老旧的四层楼砖墙建筑。

不过，建筑物面朝这个方向的墙壁几乎坍塌殆尽，内部陈设一览无遗。电线散乱下垂，病床倾斜，格外令人感到毛骨悚然。

"那是之前的医院。这一带好像是著名的观灵景点哦！"

观灵景点……

"老旧荒废的医院流露出一种恐怖的美感，很像是幽灵医院啊！"

不要再说了……

"走廊上有幽灵飘来飘去，说着'黑鸟小姐，吃药时间到了'之类的！"

求求你……真的好恐怖哦……

"幽灵医院的太平间，又是什么景象呢？医生和护士都是幽灵，躺在太平间的是幽灵医院的病患。也就是幽灵中的幽灵，唔嗯……"

这种事没必要将手指抵在下巴，歪头沉思吧！

"桃花，要不要去瞧瞧？"

"走吧！前辈。"

不要不要，我不要去。

"不是告诉过你，这世上没有神灵的吗？如果出现任何灵异现象，都必定是死灵在恶作剧……"

啪撒啪撒啪撒。

"哎呀！出……出现了！"

"前辈！那只是蝙蝠啦！"

可是，真的很恐怖。

往废弃毁坏的房间一看，装着药品的大型橱柜赫然出现，脚下则有许多破碎的注射针筒滚来滚去，还有老鼠在鞋子上跑来跑去……

只剩骨架的病床。随风摇晃的电灯插座。

咦？那张大型的四角台架是做什么的？当作病床似乎太大。四周墙壁都贴着瓷砖，天花板上的电灯也是超大尺寸……

啊！难道这里是手术室？那……这东西是手术台喽！

可是，手术台上残留着人形的黑影！

咦？黑影居然慢慢膨胀，变成跟真人的身体一样……

"妈呀！"

"哎呀！鬼……有鬼呀！"

"咿嘻嘻嘻嘻！吓坏了吧？吓坏了吧？"

"秋琵特！你装神弄鬼做什么啊！"

"我只是躺在这里，运用黑魔法让身体忽隐忽现而已啊！咿嘻嘻嘻。"

"请不要做这种蠢事好吗？我被吓得心脏差点停止跳动耶！"

"没问题的，因为这家医院最有名的就是心脏科啊！"

问题不在这里好不好。

"前辈！姐姐！"

咦？桃花妹妹在走廊的那头猛招手。是有什么事吗？

"桃花，怎么回事？"

"嘘！安静。"

桃花妹妹竖起食指放在嘴巴上。我们蹑手蹑脚走进去。

然后，我从桃花妹妹的肩膀上方往前一看。

短袖衣裤的运动服。三根不停晃动的短发麻花辫，绑在头上的红色彩带。

是沙也加同学！而且口中似乎正念念有词……

"她好像在说'耶洛依姆、艾沙依姆'对吧？"

"应该是黑魔女召唤仪式。我的猜测果然正确，那丫头是黑魔女见习生。"

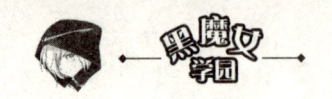

震惊……

我并不是不相信秋琵特所说的话,只是一旦亲眼目睹,反而有种再也无法否定的感觉……

可是,她为什么要召唤黑魔女呢?黑魔女指导员不是都像秋琵特那样,随时随地跟徒弟在一起吗?

"有些黑魔女指导员是住在魔界的。因为即使不是在万圣节,只要一听到徒弟的呼唤,就随时可以来到人界呀!"

哦,是吗?那可以拜托秋琵特也采用"上班"的模式吗?不然像现在这样"定居"在我房里,天天唠叨到让人受不了!

"笨蛋!亲自指导且教到会为止是我的一贯理念!尤其你又懒惰成这样,当然要随时紧盯,一秒钟都不能放过。"

烦死人了……

"请两位安静。话说回来,沙也加同学居然懂得利用太平间,真是考虑周到啊!毕竟一到夜晚就没人会到这种地方来呀!"

"咦?这里是太平间?原来桃花妹妹知道啊!这么说来这世上真有幽灵存在喽!你是如何感受到的呢?"

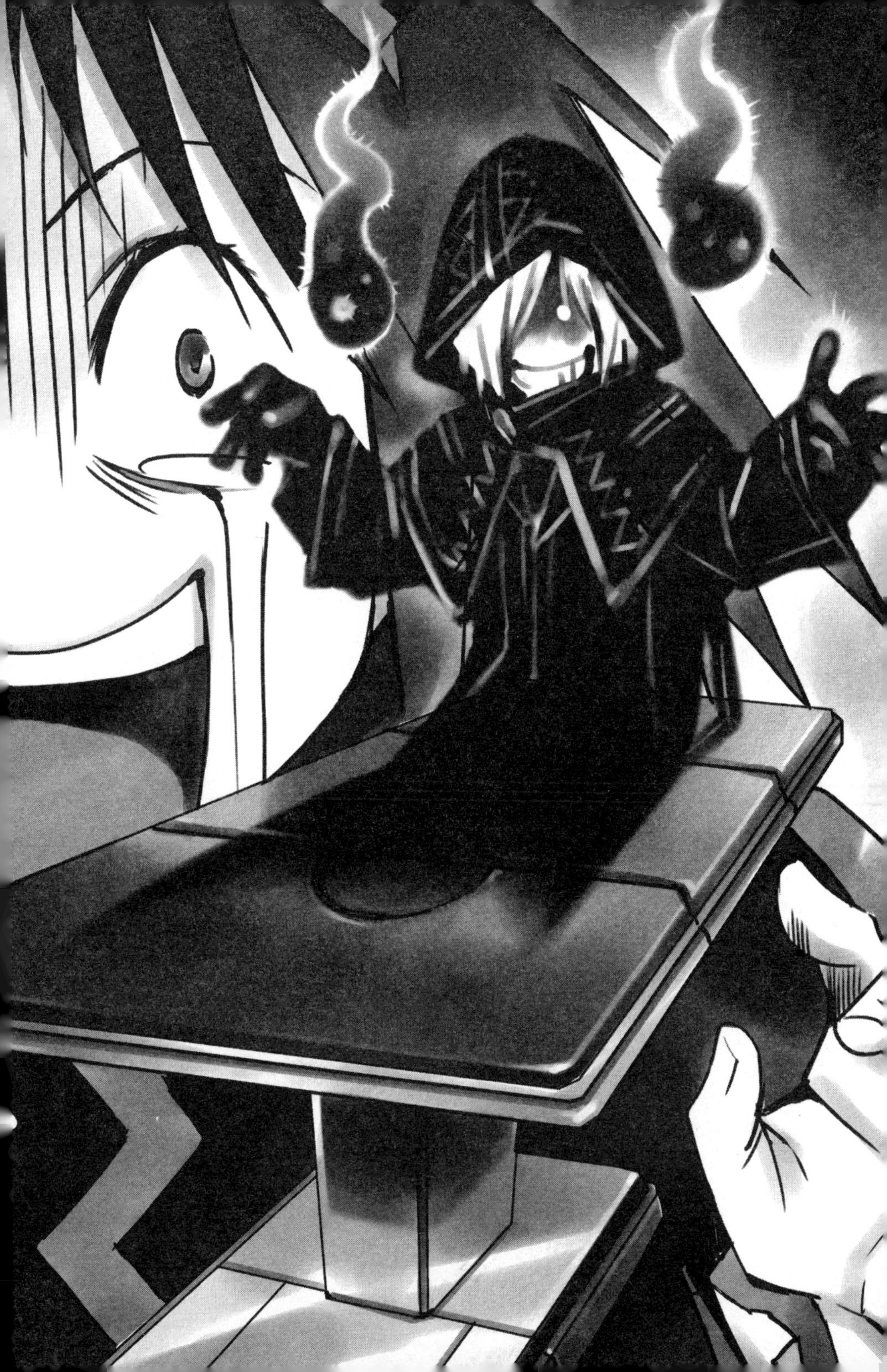

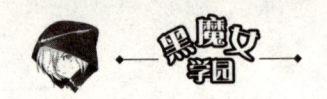

"不是啦！我是看到掉在地上的牌子才知道的啊！你看，上面不就写着'太平间'。"

天啊！兀自沉浸在悬疑恐怖气氛中的我，真是个傻瓜……

"她在召唤的，应该是已经签好契约的黑魔女。"

"我想也是。因为她手上只拿着野生的榛树手杖嘛。"

"那个，你们两个说的话，我听不大懂！"

"在第一次召唤黑魔女或魔神时，必须用魔法石在地板上画一个三角形。但从签订好指导员契约的第二次开始，就可省略掉这道手续。只需要在太阳从地平线升起的瞬间，运用榛树手杖即可召唤。"

啊！那是"黑魔女三级检定考试"的第七题……

太棒了，我知道答案了！

"耶洛依姆、艾沙依姆。耶洛依姆、艾沙依姆……"

沙也加同学用力挥舞着手杖，开始唱诵召唤咒语。

"我敬爱的黑魔女，拉咪·雷欧娜尔，快现身吧！"

"哦，出现喽！那个叫拉咪什么的黑魔女。"

真的耶！黑暗中虽然无法看清楚，但隐约可见一个披着短式斗篷的人影。

身形苗条，身材只比沙也加同学高出一点点，似乎

是个少女……

"看起来似乎还在念魔女学校的高中部。"

"高中生就当上黑魔女指导员，肯定是很优秀。"

看到桃花妹妹这么惊讶，秋琵特露出轻蔑的笑容。

"怎么可能会有实力呢？我看她八成是贵族的千金大小姐，靠关系，走后门才当上黑魔女指导员。若是一般高中生的话，肯定是魔界的大新闻啊！"

她们两人又在讲我听不懂的话了。

"魔界是个有王公贵族存在的阶级社会。家世显赫的魔女大小姐，即使没有高强的魔力，照样有管道可以快

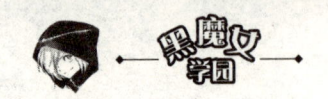

速升级，甚至花大钱雇用优秀的黑魔女指导员。"

哦，不过，这种情况在人界似乎也是屡见不鲜……

"嘘，安静仔细听！她要开始述说愿望了。"

啊，真的呢！沙也加同学正在和黑魔女指导员大小姐说话。

"这次的需求是什么呢？我已经照着你的要求，让你哥哥可以动手术，也让你跑速变快，当上赛跑选手，好让你那躺在病床上的哥哥开心了，不是吗？"

原来……她那异常的运动能力是拜黑魔法所赐。

但是，听到她所做的一切都是为了哥哥，就觉得心好痛。

"托您的福，我哥哥可以动手术了。不过，我还有一个请求！"

"是让手术成功的黑魔法吗？但我不是说过，那做起来会很麻烦吗？因为必须举行仰望天空，诅咒众神，并将灵魂献给恶魔的仪式。"

"明天的运动会，我可以站在人体金字塔的正中央，并且站在最高点。如此一来，不就可以举行仰天诅咒众神的仪式了吗？"

原来，她处心积虑要站在金字塔的顶端，也是为了哥哥呀……

"但是，你做好心理准备了吗？真的做好将灵魂献给恶魔的心理准备了吗？"

"我什么都愿意做！因为哥哥的手术困难度很高，很可能会失败。所以，我想借助拉咪大人的力量，无论如何都要让手术成功！"

呜呜呜，好感人哦……

在即将毁坏的医院太平间里听到这么感人的对话，真的是"恐怖得想哭"。我想，这个语词说不定可以继"性感可爱"和"吃香可爱"之后，成为新的流行语。

"秋琵特老师，你也很感动吧？"

"开什么玩笑啊！"

"哇，你在气什么啊！"

"前辈，我也是好生气哦！"

连桃花妹妹都板起一张脸。这到底是怎么回事？

"说什么让手术成功的黑魔法，根本是鬼扯！那家伙的目的是想要沙也加的……"

"桃花，住口！这件事跟千代无关。总之我们先回去吧！"

这两人都好奇怪哦！啊！会不会是因为身为黑魔女，

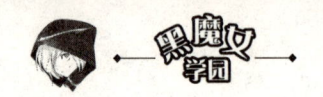

所以不喜欢感人的故事？

　　真是的，就算是黑魔女，心灵还是要纯真一点比较好啦！

　　"少啰唆！再唠叨个没完，小心我念'黑死咒语'！"

　　好好，我知道了。回家就是了嘛！

　　那你的意思是说，沙也加同学是黑魔女见习生这件事，可以暂时放着不管喽！

　　啊——啊！还是好想哭。真的好想哭……

5 魔界的定律

"什么是罗涅?"

"教授有关恶魔知识的精灵!"

"艾摩斯特琶雷呢?"

"让恶魔无所遁形的精灵!"

今天的"晨训"就像秋天晴朗的天空一样,好得不得了!

"试着把这两个符咒画出来吧!"

好好,包在我身上。

"画得很好。看这情形,就算我不在身边,你应该也能顺利升上三级。"

哦哦,秋琶特称赞我了!真是难得。

其实,秋琶特这礼拜一直都是这样。不但特别用心教导我,而且还很温柔。这大概就是所谓的"爱的教育"吧!不过,她到底是怎么了呀?

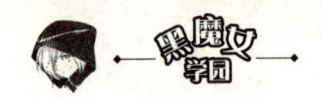

难道是我那句"心灵还是要纯真一点比较好"的忠告，发生效用了？

不然，就是黑魔女指导员大小姐拉咪和沙也加之间那令人感动的师生关系，触动了她的心？

我知道秋琵特这个黑魔女向来嘴很硬，不可能讲出"我知道了"这类的话来，内心却是耿直到不行。所以，她才会表现在态度上。

"把'黑魔女三级检定考试'的考卷拿出来，我要批改。"

好好，是这个吧？

"这也写得很棒呢！"

就是说嘛。题目好难哦！我可是在上课时间拼命偷写，才终于写完的。

"嗯？第八题没写哦！"

啊！因为好难，就先放着不管，结果忘了写……肯定会挨骂……

"真拿你没办法。唉，算了，破例教你吧！"

天啊！真的是超温柔。她到底是怎么了？

"最后那句是错的。这才是正确答案。"

六级黑魔女魔津岛魔魔子和黑魔女指导员西漂雷特签订了契约。但因西漂雷特是出了名的不良黑魔女，魔魔子的母亲便施放咒语解除她们之间的契约。

成功说服魔魔子主动解除契约。

"西漂雷特这个人，别说人类了，就连魔女或魔神也骗，是传说中的恶劣黑魔女。要是选这种家伙当指导员，魔魔子的将来肯定会毁于一旦。"

所以，她母亲才会施放"契约妨碍咒语"呀！难道这种天下父母心有错吗？

"行不通的。一旦双方立下契约，无论有什么理由，除了当事人以外，其他人都不可以介入，这是魔界的定律。即使父母亲也一样。"

"如果以强硬的手段解除契约的话，魔魔子的母亲会怎样呢？"

"……"

你怎么了？怎么像个没电的机器人一样，呆立不动啊？

"……呃喝，咳哼，咳哼。唉，只要一咳嗽，眼泪就

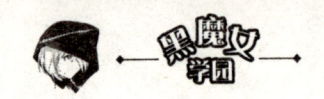

会不听使唤地流出来。"

哎呀！秋琵特居然从斗篷里掏出白色手帕！那上面以红色细线所绣出的蝙蝠图案好可爱。然后，她用手帕按压眼角……

虽说流眼泪是因咳嗽所造成，但黑魔女擦拭眼泪的景象，还真是少见啊！

"那么，关于刚才那个问题的答案……"

啊啊，是呀是呀！要是当事人以外的人，以"契约妨碍咒语"解除契约的话，会怎么样呢？

"魔魔子母亲至今习得的黑魔法或魔力，都将遭到剥夺，且必须从黑魔女七级重新来过。至于像我这种具有指导员身份的黑魔女，罪行就更重大了。不但指导员资格和魔力都会被剥夺，还可能会被关进魔界的监牢里。"

天啊，好严格哦！

"因为魔女和魔神的内心早已扭曲，所以'契约妨碍咒语'是黑魔法中的禁忌。若是没用严格的定律加以规范，只怕他们会肆无忌惮地破坏他人的契约。"

啊！这么说来，三个月前，暗御留燃阿曾经想收我当弟子，她当初之所以对我和秋琵特百般纠缠，原来是因为这个缘故啊！我必须主动解除和秋琵特之间的契约，然后暗御留燃阿才能收我当弟子，否则暗御留燃阿就会遭到惩罚。

"没错。不过，奸诈狡猾如他们，恐怕只会变本加厉，做出一些避开定律的坏事。真是无法饶恕！"

就在秋琵特恨恨地说着这番话时——

砰！砰！砰砰！

哦！那个烟火，是今天运动会将如期举行的信号吧！

我的上学时间到了。那"晨训"就到此结束哦！好，我该去换衣服了……

"啊，千代，等等。"

"什么嘛！突然变得这么正经。啊！如果是零用钱的话，我可是一毛钱也没有。"

"不是啦！我是要为你施放'活力重现魔法'。所以，把手伸出来。"

"咦？秋琵特老师要帮我增添活力？为……为什么？"

"总觉得好恶心！该不会又有什么企图吧？"

"我哪有什么企图！你今天不是要参加运动会吗？身为你的黑魔女指导员，我无法忍受运动白痴的你遭受耻辱呀！"

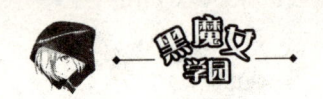

"……秋琵特老师！"

"笨蛋！就说不要把脸贴过来嘛，我的皮革斗篷都被你弄脏了啦！"

因为人家太感激了嘛！

"我一直相信，秋琵特老师虽然嘴上净说些恶毒的话，但其实是个心地善良的黑魔女。现在终于得到证实，我好开心啊！"

"你也太晚知道了吧？好，把双手打开。"

嗯。是这样吗？

"然后，再和我的双手掌心相对。"

啊哈哈哈，感觉好像幼儿园小朋友在玩游戏！

"在我唱诵咒语的时候，你一定要保持沉默哦！不然，这难得的魔力可是会逆流的。"

是、是。

不过，仔细一瞧，秋琵特的五官还真是清秀啊！

银色的刘海，还有黄色的瞳孔，也都非常漂亮。

这叫做"中性美女"吗？连还是女孩的我都不禁着迷呢！

"千代……"

什么事？嘴巴一张一合的，八成是有话想说。

"……没……没事。那么，开始喽！噜叽乌给、噜叽乌给、雷波卡雷。"

唉！运动会怎么还不赶快结束呀……

应该说，五年一班的每个人都超 high 的。

因为一班所属的白队，在中午前就以七十五分遥遥领先。

然后，在下午的重头戏——班际短跑对抗赛中，也拿到了第一名！

当然，铃风沙也加同学可是大出风头。在她接棒时，二班跑者原本还领先十米，没想到居然在转瞬间被她追了过去。学生和家长全都兴奋得不得了。

然而，我却是奇惨无比。秋琵特为我加持的魔力，效用是零……

首先是队伍入场，只有我一人不管怎么做都对不上步伐。

接着，我去帮忙一年级的"投篮竞赛"，正想计算篮内有几颗球时，竟弄翻了篮子，篮内的球和落在地面的球整个搞混，害得一年级的学弟妹哭了出来……

在百米赛跑中，我则是远远落后的最后一名。而且还在抵达终点前摔了一跤……

每当我出丑时，贵宾席上有个陌生叔叔就会在那边偷笑，超丢脸的……

我想，那个叔叔如果只是长相平凡的一般人，应该会努力忍住不笑出来才对。

可是，他偏偏长得很帅气。既拥有日本人所没有的深邃五官，又将亮泽的黑发全部往后梳。看来十分昂贵的黑色西装里搭配的那件衬衫，也相当与众不同，领口特别高挺、领带造型则近似蝴蝶结。

被这种仿佛会出现在超高级饭店派对上的人嘲笑，实在有点受伤……

"五年级学生，请到进场处集合。"

在世界国旗仿佛扮家家酒游戏中晾晒的衣服般，恣意飘动的校园里，待广播声一结束，蓄势待发的热血少年日向同学便立刻站了起来。

"呀喝！团体体操，大家拼了！"

"哦哦！"

大家也发出吼声回应。

唉……平常还无所谓，今天的孤独感却特别强烈……

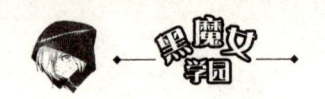

"怎么了？怎么了？黑鸟同学也要拿出干劲呀！啊哈哈哈哈！"

沙也加同学……你虽然笑容满面，但心里其实很担心你哥哥的手术吧！中午休息的时候，我还看到你打电话到医院去。

不过，团体体操的压轴好戏是人体金字塔，你打算在那时进行仰天诅咒众神的仪式对吧？当黑魔女拉咪看到你摆出把灵魂献给恶魔的架势，就会施放黑魔法让你哥哥的手术成功。

好，就算只剩下这个项目，为了沙也加同学，我要努力到最后才行！

于是，我勇敢地走进表演场地……

"V字形平衡。哔！"

"千代，膝盖不打开一点，就不像V字形啦！"

"拱桥。哔！"

"千代，你弯腰驼背要怎么做拱桥？要往后仰，往后仰啦！"

却遭到排在我隔壁的小惠不断地提醒。

不要那么大声啦！那个穿黑色西装的叔叔在笑我了啦！

"黑鸟同学，加油！"

我讶异地抬起头来，沙也加同学那花朵般的笑容立刻映入眼帘。

对了，从现在开始，我要和沙也加同学配对表演双人花式。

由我当基座，连续表演骑马打仗式和仙人掌式。唉！肯定又会失败。

"没问题的，一定会成功的。放轻松，放轻松。"

反而受到她的鼓励……照理说，她的心情应该比我还要沉重才对呀！

"哗！"

好吧！我会努力的。首先，站到沙也加同学的后方。

"哗！"

沙也加同学张开了双腿，我单膝跪在地上，将头穿过她的双腿之间。

"哗！"

站起来！唔，唔唔……

"很重吗？黑鸟同学，加油！"

站起来的动作是没问题啦！倒是跪地的膝盖，因为有沙砾压在下面，好痛……不过，沙也加同学也在努力

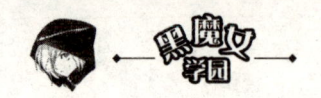

撑着啊！要忍耐，忍耐！

"哗！"

接下来，是仙人掌式。

我迅速跪在地面，撑起沙也加同学的膝盖，然后把头从沙也加同学的双腿之间抽离。唔唔，快没力了……

"哗、哗——"

"Bravo！完美的仙人掌式！"

第一次被身穿黑色西装的叔叔称赞，感觉真不错呢！

"哗！"

好，这次加上小惠，要表演三人花式。

负责撑起沙也加同学的我和小惠，面对面蹲下。

"喂，小惠。贵宾席上那个穿着帅气黑色西装的人，你认识吗？"

"是学童保护协会的新任会长玲于奈先生吧？"

"哗！"

沙也加同学将手放在我的肩上，膝盖则是放在小惠的肩膀上。

"那套西装超有质感的！啊！千代，你喜欢'好野人大叔'的类型呀？好意外！"

小惠！拜托你不要说这种蠢话！人家只是觉得他看起来很不错……

"哗！"

哇啊！得站起来了。

"哦哦，真是优美呀！"

玲于奈先生优雅地拍着手，显得非常开心。

"哗！"

好，终于要堆四层金字塔了。这肯定会痛死我。

因为我排在最下面呀！沙砾会毫不留情地扎痛我的双掌和膝盖哪！

基座的诀窍，好像是将手臂和身旁的同学交叉，使身体紧紧贴在一起。

"能与黑鸟同学和紫苑同学紧贴在一起，当基座也甘愿啊！"

被我和小惠夹在中间的横纲，露出恶心的笑容。

你给我闭嘴……突然觉得，很不愿意和你贴在一起了啦……

"大家，这是最后一项了，大家集中精神，加油！"

即将站到顶端的沙也加同学，对着当基座的大家精神喊话。

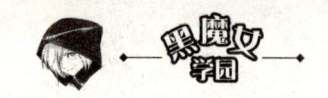

没错,这是最后一项了。

而且更重要的是,沙也加哥哥的手术也即将成功。

好重,好痛,好讨厌跟臭男生贴在一起。可是,我会加油的!

"好,我要上去喽!"

沙也加同学的话声刚落,压在背上的重量愈发沉重了……

坐在正面贵宾席上的玲于奈先生,脸上散发出光彩。

"就快成功了!暗御留燃阿。应该没问题吧?"

啥?他刚刚说什么?那个名字,我好像听过耶……

"您不用担心。拉咪小姐把那女孩完全骗倒了。只要奉献出自己的灵魂,哥哥就能得救,那女孩对此深信不疑。而拉咪小姐年仅十六岁就能夺得人类的灵魂,在万圣节当晚的'莎巴特'上,她必定会被推选为女王的。"

你……你说什么?难道说,玲于奈先生后方那个美艳女人,是……

"不愧是魔界第一的黑魔女指导员。把我的女儿训练到这种程度,真是了不起。身为魔神第一阶级的雷欧那鲁伯爵,这下可有面子了。我要向你致谢呀!暗御留燃阿。"

啊啊啊，果然没错！

她虽是秋琵特的同学，却是黑魔女五段的超级精英，而且还威胁年幼的大形同学当她的魔法使者，是恐怖的黑魔女指导员——暗御留燃阿！

"您不用道谢。只不过，晋升'黑魔女总督察'一事，还请您多多指教。"

"那是当然的。小女拉咪今后也请你多多关照。"

"黑魔女总督察"？等等，我好像听过这个名词。啊！该不会……

现在的暗御留燃阿虽然是黑魔女拉咪的指导员，但她正觊觎着更上一层的名利。所以才想让门下弟子黑魔女拉咪成为"莎巴特"的女王，讨拉咪的父亲雷欧那鲁伯爵的欢心，好达成当上"黑魔女总督察"的计划。

为达到目的就必须夺取人类的灵魂，但拉咪的魔力还不到那种程度。这时，为了医治哥哥的病，不管什么事都愿意去做的铃风沙也加出现了。

所以，暗御留燃阿给了拉咪一道命令。要拉咪教沙也加同学一些讨哥哥欢心的简单魔法，好取得沙也加同学的信任，然后再设计沙也加同学主动献出灵魂……

怒啊！我必须加以阻止才行！

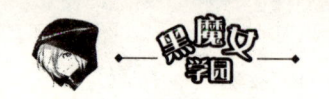

我不能让献出灵魂的仪式顺利进行！

"哇哇哇，黑鸟同学，你别乱动！很危险的！"

"千代，你这是在做什么呀！"

因为，这样下去的话，沙也加同学的灵魂会……

"我劝你别轻举妄动比较好哦！千代。"

吓！这声音，是从哪儿传来的？我身旁是横纲，他的对面是小惠。

我们正在校园的正中央表演，应该没有人有办法跟我讲话呀……

我抬起头来，贵宾席的帐棚当中，暗御留燃阿正直瞪着我看。

是魔法！竟然能传话到我的内心，这一定是魔法在作祟！

"要是破坏了金字塔，让仪式失败的话，沙也加会很伤心的。"

暗御留燃阿那嘲讽似的声音，回荡在我的心中。

这个奸诈小人！折磨人类的黑魔法，怎么可能治愈人类的病痛呢！

"哎呀！跟三个月之前相比，你似乎对黑魔法有了全盘的了解了呢！是秋琵特教你的吗？"

是的，是她教我的。是那个绝不会为了飞黄腾达而欺骗女孩献出灵魂、绝对不会做出这种卑鄙事情的秋琵特教我的。

"哎哟，黑魔女的心就是要越黑越好呀！我也学到了教训，如果想要飞黄腾达，比起大形或你这种有天分的孩子，教个名门之后的黑魔女还比较快。"

哦哦，是这样啊！那就随你高兴，想飞黄腾达就去呀！

可是，如果因此而想骗取沙也加同学的灵魂，我是绝对不会让你得逞的。

你居然利用她思念哥哥的那份情谊，我绝对不会原谅你的！

就算沙也加同学因此怨恨我也无所谓。我现在马上就毁了这个金字塔……

"天上众神，请好好看着吧……"

那个声音是，沙也加同学！

"哎呀，真可惜，仪式已经展开了耶！已经太迟了。"

怎么可能……

我怎么可以让沙也加同学在由我组成的金字塔基座上，被夺去灵魂呢……

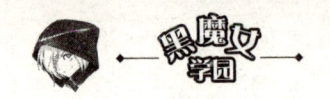

"对于黑魔女实习生来说是个很好的经验啊！这可是难得一见的场景。"

"吾人，受到黑魔女拉咪的引导，谨将灵魂献给魔界。"

"看来是快要成功了，暗御留燃阿。"

"是的，不久云层将会涌现，白色光芒将会包围那个女孩，然后一切结束。"

怎么可以……啊啊，秋琵特！在这种时候，秋琵特要是在场的话……

"喂，暗御留燃阿，没有云层出现呢？"

"不，我想应该马上就出现了……"

就在这个时候。

"哔！"

松冈老师的鸣笛响起。接着，大家"啪啪啪"地鼓掌。

"团体体操，结束！"

咦？结束了？

可是，所谓的云层涌现、白色光芒这些有的没的，并没有出现啊！

"暗御留燃阿！这是怎么回事？那个女孩就要从金字

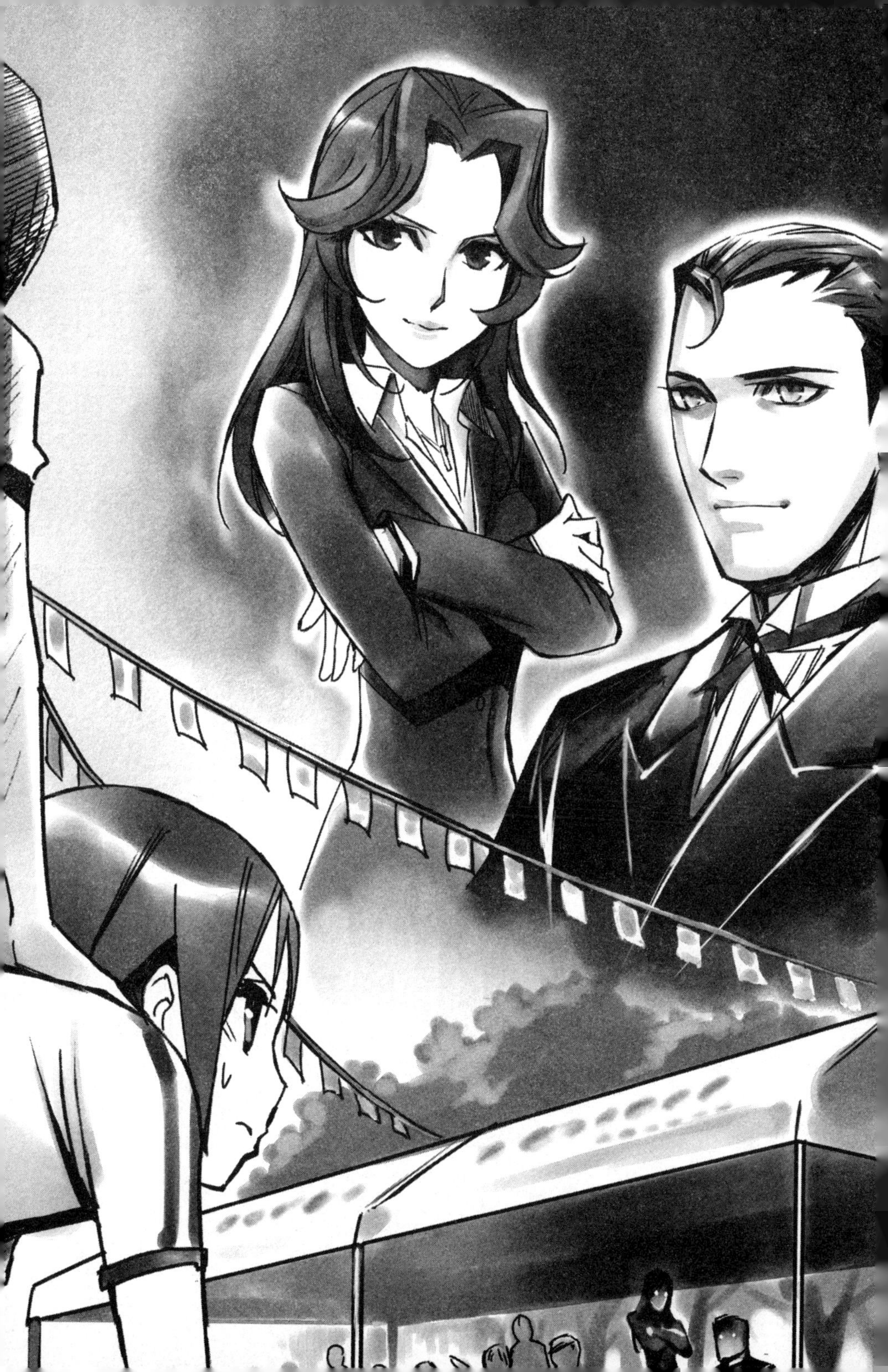

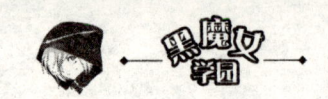

塔上下来了！"

玲于奈先生的嘴巴一张一合的，真不知他一直以来的高贵尊容跑哪儿去了。

"喂，那个女孩身上，黑魔女契约的光环已经消失了呀！"

"咦咦？这怎么可能……"

不禁跳了起来的暗御留燃阿突然停止动作，因亢奋而染上一抹红晕的美丽脸庞，瞬间变得惨白无比。

"这种事情，除了违反定律的'契约妨碍咒语'之外，应该是不可能的！可是，施放这种肯定会被打进大牢里的禁忌黑魔法的人，是谁？而且是为什么？"

啊？违反定律的"契约妨碍咒语"？这个词，我好像在哪里听过……

"暗御留燃阿！晋升'黑魔女总督察'的事情，就当作没这回事！"

雷欧那鲁伯爵"砰"地往桌上一敲，站了起来。

看到玲于奈先生突然火冒三丈、拂袖而去，贵宾席上的人都哑然无言。

"伯爵！不……不是，会长，这其中一定有什么失误。请您等一下……"

暗御留燃阿慌慌张张地追随在后。

真是大快人心！虽然我压根儿搞不清楚到底是哪里出了状况，但总之，沙也加同学平安无事，就代表坏心眼的超级精英黑魔女吃了个大败仗。

啊啊，我好想赶快回家，把这一切都讲给秋琵特听！她一定会"伊嘻嘻嘻嘻"地开怀大笑！

"全员退场！哔——"

随着松冈老师的笛声，完成团体体操的我们，朝着退场处走去。

其他学年的学生和家长们，给了我们如雷的掌声！嘿嘿，感觉好舒畅。

"姐姐！"

哦，是桃花妹妹。特地跑到退场门来迎接我呀？真不好意思。

对了，你看到了吗？那个暗御留燃阿呀……

"姐姐，你看这个！"

咦？这是什么呢？从笔记本上裁下来的纸张？

"是信。就放在我的包包里。"

桃花妹妹在哭呢……

总觉得，有种非常不好的预感。

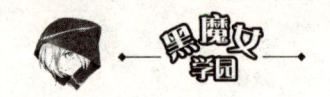

我的手指在颤抖，折成四等分的纸张怎么也摊不开。

终于摊开来之后，眼熟的丑字、满是注音的文章，立刻映入眼底。

给桃花：

我使用了禁忌的黑魔法。

因为我无法眼睁睁看着沙也加死去，也无法原谅暗御留燃阿。

不过，我不后悔。以我的魔力去换回沙也加的性命，真是爽快无比啊！

千代的事情，就拜托你了。给你添麻烦，真对不起。

秋琵特

我的心整个冻住了。全身的力气都没了，我不由自主地蹲了下去。

曾经超级温柔的秋琵特。曾经拼死努力的秋琵特。

这一个礼拜当中，净是些难以置信的事情。可是，我现在明白了。

秋琵特和桃花妹妹，其实在一个礼拜之前就知道了。

她们早知道黑魔女拉咪在废弃崩塌的医院里，欺骗沙也加同学的事情，也明白黑魔女拉咪利用骗人的黑魔法，计划骗取沙也加同学的灵魂。

可是，不管对手再怎么恶劣，也绝不能破坏双方的契约。要是从中破坏的话，所有的魔力就会被剥夺，而且还可能被打入魔界的监牢里……

"她要我别把这件事告诉你。因为她说，千代要是知道没有任何方法可以救沙也加的话，会很伤心的。"

桃花妹妹的眼眶里，落下一颗颗粉红色的泪珠。

"学姐也很烦恼。我心里才在想她到底在想些什么，她就开始述说起和姐姐之间的回忆。可是，我万万没想到她会做出这样的决定……"

"这样的决定。"

今天早上，她对我施放黑魔法，说要让我活力充沛的参加运动会，可是那个魔法根本没效。

因为，那根本就是不同的魔法。

当时，秋琵特那样注视着我，其实是想跟我道别。

会要我和她掌心相对，一定是为了代替传统的握手道别……

"噜叽乌给、噜叽乌给、雷波卡雷。"

那个咒语的真正涵义是……

"桃花妹妹，有件事我想请问一下……"

存在内心的另一个我，正在说"不可以问"。

因为，答案一定非常令人震惊害怕。

可是，我还是开口问了……

"'噜叽乌给、噜叽乌给、雷波卡雷'是什么魔法？"

"……是违反定律的'契约妨碍咒语'。"

（欲知下回，请收看《黑魔女学园》⑦）

※ 夹在《好朋友》最新号的成绩单

千代的黑魔女成绩单（分手篇！）		
	评 价	评 语
常怀感恩的心	1 优良 2 普通 ③ 加油	没吃到伴手礼——乐烧（流泪）。
不浪费	1 优良 2 普通 ③ 加油	不要妄想用"切成两半魔法"来增加零用钱。
注意服装仪容	1 优良 2 普通 ③ 加油	用蛇皮包和鸭皮鞋来增添时尚感。
活力充沛的外出游玩	1 优良 2 普通 ③ 加油	不要逼我把"运动白痴"念成"运痴"啊（unnchī，发音同日语的"大便"）。
坚持到底	① 优良 2 普通 3 加油	我终于明白，你是个努力奋斗的人了。

给家长的话：

　　对活生生的蛇类和青蛙没辙，对算数也是一窍不通，实在有待磨炼。不过，现在好像有毅力多了。相信一定可以以黑魔女修炼第一名的佳绩毕业。能遇到这位好徒弟真是幸福。

　　　　　　　　魔界第一痛恨邪门歪道的漂亮黑魔女　秋琵特 💀

五年一班 成员介绍

首度登场

向井里鸣

五年一班最矮小的女生，无可救药的甜食爱好者。

首度登场

如月星罗

占卜大师。举凡星象、塔罗牌、水晶等，都非常拿手，深受女生欢迎。

首度登场

与那国治树

与速水瑛良并驾齐驱的秀才——计算机宅男。

首度登场

日向太阳

人如其名，对任何事都又积极又热情，让人望而生畏。口头禅是"呀喝！"。

首度登场

要陆

立志成为侦探。因父亲是知名私家侦探，所以非常痛恨"父亲是名侦探"的绰号。

首度登场

铃风沙也加

在运动会前夕英勇上场的转学生，跑步成绩和男生不相上下，有个生病的哥哥。

首度登场

雾月姬香

最喜爱格林童话等经典童话故事，绰号叫《童话女王》。

须须木凛音

就读第一小学之后，因为某个原因而厄运连连，以致每天都过得提心吊胆。

大形京

布偶始终不离身，具有少女纯真情怀的男生。不过，其中隐含着一段不为人知的过去，以及令人不寒而栗的真实身份。

蓝川结实

拥有驯服所有动物的魅力，绰号为"动物女王"。

东海寺阿修罗

男生，正在修炼阴阳道。对千代猛献殷勤，希望日后能与千代搭档，创建名为"东海寺"的寺庙。

美里雷香

心直口快，开朗活泼，是个不钻牛角尖的女生。

麻仓良太郎

"讲谈组"黑道老大的孙子，永远有小喽啰随侍在侧。说话虽然粗鲁，但其实内向腼腆。对千代猛献殷勤，希望长大后能娶她当"极道之妻"。

樱田杏

镇上风评最佳的蛋糕店"枫叶魅力"的老板之女。立志成为甜点制作达人。

玛莉亚·桑邱丽

母亲是英国人，父亲是中国留学生，本身为功夫达人。对色胚男和校园霸凌深恶痛绝的正义使者。

狮子村贵海

生长在双薪家庭，因为帮父母分担家务而成为家事达人。对料理特别有天分。

宫濑灯子

代替早逝的母亲照顾幼小的弟弟和妹妹，深受大家尊敬，但只要走进游乐场就会性格丕变。

特别角色 小狗
咕咪
小惠饲养的小狗。由于小惠经常照顾不周，所以计划离家出走。

铃木薰
不可思议的书呆子，博学多闻，无所不知。因为很爱插嘴，而得到"冷知识女王"的封号。

特别角色 实习老师
清井萤
来到五年一班实习的女子大学教育实习生，是个超级大美女，经常把松冈老师和班上的男生迷得晕头转向。

铃木重
铃木薰的双胞胎弟弟，对姐姐敬爱有加，喜欢将姐姐所说的冷知识记录下来，并大喊："姐姐，你好厉害哦！"

魔界角色
桃花·布洛撒姆
黑魔女一级，小秋琵特两届的学妹。因负责监视大形京，而变身成小学生，长住在人界。特殊嗜好是一抓狂就投掷炸弹。

伊集院丽华
虽是大医院院长之女，却体弱多病，经常请假没去上学。身上始终穿着昂贵的洋装。

魔界角色
恶魔情
魔界的"报马仔"，容易得意忘形的迷糊蛋，曾将黑魔女四级检定考试的内容传达给千代。

大谷早斗
与色胚王牌同为少年棒球队的成员，担任四号强打者。好色程度不输色胚王牌，女生缘极差。

魔界角色
暗御留燃阿
黑魔女五段，"亚洲地区总指导员长"，曾是秋琵特的同班同学。从魔女学校毕业后，便不择手段想要飞黄腾达。和大形京的关系匪浅……

速水瑛良
上课只要听一遍就牢记不忘的高材生。下课时间一到，就跑到校舍屋顶看灵异书籍。